기적의 초등 문학교실 15일
글쓰기 수업비법

기적의 초등 문학교실 15일

글 쓰 기
수업비법

방현석 · 구자원 지음

아 시 아

문학은 즐거운 놀이

'어떻게 하면 아이들이 문학을 맘껏 즐길 수 있을까?'

우리의 고민은 여기에서 시작되었습니다.

문학은 예로부터 아주 즐거운 놀이였습니다. 생각하고 꿈꾸는 일이 문학이기 때문입니다. 눈을 감고 가만히 자신의 마음을 들여다보는 일, 상상의 나래를 활짝 펼치고 미지의 세상을 향해 끝없이 날아가는 일, 금붕어와 이야기를 나누는 일, 햇빛과 바람이 속삭이는 소리를 듣고 옮겨 적는 일은 황홀하고 신나는 것입니다.

그런데 언제부터인가 문학이 아이들에게 재미없는 공부의 대상이 되기 시작했습니다. '즐기는 과정으로서의 문학'이 가진 중요성을 망각하고 정답 찾기 훈련을 하는 학업의 일부로 만드는 순간, 문학은 아이들에게 흥미 빵점이 되고 맙니다.

문학 교육이 창의적 상상력을 키우는 신나는 놀이의 과정으로 돌아가야 한다는 생각으로 새로운 교육 프로그램과 교안 만드는 일에 착수한 것이 두 해 전이었습니다. 문학작품을 읽고 분석하는 수동적인 학습 방식과 완전히 다른 프로그램과 교안을 완성하는 데 꼬박 한 해가

걸렸습니다. 어린이들이 닫아 두었던 생각의 문을 활짝 열고 자기의 느낌을 재미있게 표현할 수 있는 놀이 형태의 교육 프로그램에 이어 교안이 마침내 완성되었습니다.

문화체육관광부와 한국문화예술교육진흥원의 지원을 받아, 우리가 만든 프로그램을 가지고 스물두 곳의 초등학교에서 시범교육을 실시했습니다. 결과는 우리의 기대를 훨씬 뛰어넘는 대성공이었습니다. 한 학기, 15일에 걸친 이 교육 프로그램에 참여했던 어린이들의 작품을 묶은 책 『난 하트가 되고 싶어』는 문학이 어떻게 아이들을 놀랍게 바꾸는지를 보여 준 '15일의 기적'이라는 평가를 얻었습니다.

우리의 새로운 문학 교육은 학교 밖의 다양한 아동복지시설과 도서관에서도 이어졌습니다. 그 성과 역시 학교에서와 다르지 않았습니다. 다양한 매체를 활용하여 표현의 길을 열어 주면 아이들은 자기 생각을 맘껏 표현했습니다. 우리의 문학교실에서는 어떤 아이도 주눅 들지 않았습니다. 아이들의 통통 튀는 감수성과 기발한 상상력이 담긴 글이 발표될 때면 여기저기에서 탄성과 박수가 터져 나왔습니다. 지난 한 해 동안 교실에서 만났던 아이들의 빛나는 눈빛이 지금도 기억에 생생합니다. 그 눈빛이 다시 흐려지지 않기를, 더 많은 아이들이 문학과 더불어 빛나는 눈빛을 가지게 되기를 바라는 마음으로 우리의 교육 과정을 정리했습니다.

우리의 새로운 문학 교육 프로그램과 교안이 가장 먼저 바꾸고자 한 것은 아이들이 아니라 문학과 문학 교육에 대한 선생님과 학부모들의 생각이었습니다. 선생님과 학부모들이 문학을 정답 찾는 일로 여기는 한 아이들에게 문학은 지옥이거나 너무나 심심해서 나무들도 시들어 버린 천국, 그 둘 중에 하나일 수밖에 없습니다.

우리가 실시한 문학 강사 연수를 통해 문학에 대한 선생님들의 생각이 바뀌었습니다. 새로운 문학 프로그램은 우리 선생님들을 아이들보다 더 설레고 신나게 만들었습니다.

문학 수업이 있는 하루는 설렘으로 시작되었습니다.

'오늘은 또 어떤 기발한 이야기를 듣게 될까?'

즐거운 기대는 아이들에게 뒤지지 않고 달려가려는 생각으로 분주해집니다.

'오늘은 또 어떻게 생각을 이끌어 낼까?'

아이들의 상상력으로 들어가는 문은 질문이었습니다. 대답을 하면 그 대답에 대한 또 다른 질문을 이어갔습니다. 똑같은 질문인데 나와 다른 생각을 하는 친구들의 대답을 들으며 아이들은 생각을 키워 나갑니다.

아이들이 아이스크림을 그리면, 묻습니다.

"이 아이스크림이 세상에 하나뿐인 아이스크림이 되려면 어떻게 해야 할까요?"

시계와 새를 그리면, '이 시계가, 이 새가 세상에 하나뿐인 시계와 새가 되려면 어떻게 해야 할까요?' 하고 묻습니다. 아이들의 상상력으로 발이 달린 아이스크림, 날개 달린 시계, 밤에는 낮의 색깔을 띠고 낮에는 밤의 색깔을 띠는 새들을 만났습니다. 발이 달린 아이스크림을 생각한 아이의 말을 받아 다시 물었습니다.

"아이스크림을 먹어야 하는데 '발이 달린 아이스크림'이 자꾸 도망을 가면 어떻게 하지?"

가다가 다시 돌아오게 고무줄을 달아 놓아야겠다고 한 친구가 말하면, '발이 달린 아이스크림'이 고무줄을 끊어 버릴 수도 있다고 말하는 친구도 있습니다. 아이들의 생각은 정말 무궁무진합니다. 웃음이 빵빵 터지게 만듭니다. 깜짝 놀랄 때도 많았습니다. 괴상하고 엉뚱하다 싶어도 아이들은 저마다의 이유를 다 가지고 있었습니다.

문학 수업의 시작은 생각 열기입니다. 말놀이, 몸짓놀이, 미술놀이를 통해 생각을 마음껏 이야기하다 보면 아이들의 생각은 금방 확장됩니다. 아이들은 생각을 글쓰기로 연결합니다.

문학 수업의 횟수가 거듭될수록 아이들은 스스로 알아갑니다. 이야기를 좋아하는 친구가 있고, 시 쓰기를 좋아하는 친구가 있다는 것을요. 모험 이야기를 잘 쓰는 친구가 있고, 비판적인 글을 잘 쓰는 친구가 있다는 것을요. 단 한 줄의 글이 마음을 움직일 수 있다는 것도 알아갑니다. 길거리에 나뒹구는 돌 하나, 나뭇가지 하나도 문학이고, 내 옷에 달린 단추 하나도 문학이라는 것을 차츰차츰 알아갑니다.

문학 수업은 참 멋진 수업입니다. 저마다 다른 생각을 가지고 있기에 최고가 될 수 있다는 것을 말해 줄 수 있는 수업입니다. 이 책이 아이들에게 문학을 어떻게 가르쳐야 할지 고민하는 선생님과 학부모들의 생각을 열어 주는 열쇠의 하나가 될 수 있기를 바랍니다.

새로운 문학 프로그램과 교안 개발, 문학 강사 연수, 아이들과 함께

한 신나는 문학교실을 되돌아보면 행복한 미소가 우리의 얼굴에 피어 오릅니다. 교안 연구와 문학 수업 진행에 함께한 이준희 선생을 비롯한 중앙대학교 스토리텔링콘텐츠연구소 연구원들과 문학 강사 여러분께 고마운 마음을 전합니다. 이런 멋진 문학 수업 프로그램을 진행할 수 있도록 기회를 만들어 주신 한국문화예술교육진흥원장님과 담당 선생님들, 좋은 책을 만들어 준 편집자에게도 고마움을 전합니다.

2013년 5월 31일
방현석, 구지원

제1장

생각 열기

정해진 답을 찾는 데 길들여진 아이들은 처음에 문학 수업을 낯설어 합니다. 질문을 해도 잘 대답하지 않습니다. 생각이 없어서가 아닙니다. 자신의 생각이 정답인지 자신이 없기 때문입니다. 문학은 꿈꾸고 상상하는 일입니다. 꿈꾸고 상상하는 일에 정답이 있을 리 없습니다. 문학은 정답을 찾는 일이 아니고 생각을 풀어내는 일입니다. 문학은 산수처럼 공식이 없는데, 정답을 찾으려고 하면 머리부터 아파 옵니다.

아이들이 문학 수업에서 궁금해하지도, 질문하지도 않는 것은 문학에도 정답이 있다고 여기기 때문입니다. 그래서 심지어 "난 글쓰기가 싫어요"라고 말하는 아이들도 있습니다. 생각 열기가 선행되지 않으면 글쓰기는 매우 어렵습니다.

아이들은 일어나자마자 말을 시작해서 잠들 때까지 많은 말을 합니다. 아이들에게 '말하기'는 쉽습니다. 말하는 것처럼 글쓰기를 하지 않기 때문에 상대적으로 글 쓰는 일이 어렵게 느껴지는 것은 당연합니다. 하지만 생각이 열리면 모든 것이 달라집니다. 글쓰기 이전에 생각 열기가 선행되어야 하는 이유가 여기에 있습니다.

잘 쓰고 못 쓰고를 따지는 것은 나중 일입니다. 우선 자신의 생각을 글로 쓰고 싶은 마음을 가지도록 도와주는 것이 중요합니다. 생각이 열리고 글을 쓰고 싶은 마음이 생기면 아이들은 놀라운 창의력을 보입니다.

줄무늬 양말이 사자로 변했어요

칠판에 그림 하나를 그렸습니다.

"여러분, 이게 뭘까요? 무엇으로 보이나요?"

현빈이는 "신발이요", 의준이는 "양말이요"라고 대답합니다. 사실 얼룩말 얼굴을 생각하며 그린 그림이지만 신발이나 양말로 보아도 상관 없습니다. 아이들마다 다른 그림을 덧붙일 수 있으니까요. 한 명씩 앞으로 나와 칠판에 그려진 그림을 이어 그리기로 했습니다. 제일 먼저 나온 의준이는 꼭 양말처럼 생겼다며 줄을 여러 개 긋습니다. 칠판의 그림은 줄무늬 양말이 되었습니다.

"이 양말은 누구의 양말일까요? 엄마, 아빠가 곧 태어날 아기를 위해 준비한 양말일까요? 아니면 산타 할아버지가 선물을 넣어 주는 양말일까요? 아마 각자 생각하는 양말이 다를 거예요.”

이번에는 재호가 나왔습니다. 그런데 재호는 생각이 나지 않는다고 합니다. 그래서 어디든 좋으니 점 하나라도 찍어 보라고 했습니다. 재호는 발뒤꿈치 부분에 점 하나를 그려 넣었습니다. 재호가 그린 점 때문에 그림은 구멍 난 양말이 되었습니다. 이번에는 은설이가 나왔습니다. 은설이는 구멍 난 양말을 둥근 선으로 감쌌습니다. 구멍 난 줄무늬 양말을 포장한 것처럼 보인다며 아이들이 깔깔깔 웃습니다.

자신의 생각대로 칠판에 그림을 그리는 현이

아이들이 나올 때마다 그림이 자꾸 바뀝니다. 아이들은 점점 더 신기해하며 이번에는 또 어떤 그림으로 바뀔지 궁금해합니다. 아이들 눈빛이 말똥말똥해졌습니다. 승희는 포장된 양말 밑에 비를 그렸습니다.

승희가 분필을 내려놓자마자 현이가 손을 번쩍 듭니다. 현이의 생각으로 그림은 사자로 변했습니다. 조금 전까지 양말이었던 그림은 사자 입속에 든 고깃덩어리가 되었습니다. 현이는 어미 사자 옆에 아기 사자를 그려 넣고, 그 옆에 고기 덩어리 하나를 더 그렸습니다. 아이들은 깜짝 놀랐습니다.

"여러분이 양말이라고 말했던 그림이 이제 사자 입속에 든 고깃덩어리가 되었어요. 여러분의 생각은 이렇게 멋져요. 양말을 사자로 만들 수도 있어요."

처음에 그렸던 그림을 다시 그린 후 똑같은 질문을 했습니다.

"이것이 무엇으로 보이나요?"

생각이 열린 아이들은 대답을 주저하지 않습니다. 정답이 따로 있는 것이 아니라는 걸 아는 아이들은 눈치를 살피지 않습니다. 더 이상 신발과 양말이라고도 말하지 않습니다. 아이들은 거침없이 자신의 생각을 말합니다.

"찌그러진 하트 같아요."

"니은을 뒤집어 놓은 것 같아요."

"권총 같아요."

이때 문학 교사가 해야 할 일은 단 하나, 추임새를 넣는 것입니다.

"좋았어."

"그래, 그렇게 보니 그러네."

"오, 기발해."

작은 점 하나

그림 그리기가 어려웠던 베티는 점 하나를 그리게 된 계기로 여러 모양의 점을 그리는 등 자신의 생각을 표현할 수 있게 됩니다. 그리고 자신의 생각을 표현하는 게 바로, 그림임을 알게 됩니다.

"여러분에게 질문을 하나 할게요. 재호가 생각나지 않는다고 했을 때 점이라도 찍으라고 했지요? 점 하나를 찍고 안 찍는 차이가 뭘까요?"

기완이가 대답했습니다.

"'구멍 난 양말'과 '구멍 나지 않은 양말'이라는 차이가 있어요."

아이들에게 피터 레이놀즈의 그림책 『점』을 읽어 주었습니다.

"아무렇게나 찍은 작은 점 하나가 베티에게 다양한 점 그림을 그리는 계기를 만들어 줬어요. 만약 베티가 미술 시간에 아무것도 하지 않고,

『점』

**피터 레이놀즈 글·그림, 김지효 옮김, 문학동네
어린이**

그림에 소질이 없는 베티는 미술 시간이 곤
욕스럽습니다. 그런데 점 하나를 그리는 계
기로 빨간 점, 파란 점, 노란 점 등 다양한 점
들을 표현하기 시작합니다. 물감을 혼합해
새로운 색깔을 만들기도 합니다. 그리고 자
신이 그린 점들을 가지고 전시회를 엽니다.
미술 시간을 두려워했던 베티가 멋진 예술가
로 탄생한 것입니다.

여러분이 보고 있는 이 작은 점 하나를
그리지 않았다면, 베티는 영원히 그림을
그리지 않는 아이가 되었을지도 몰라요.
하지만 베티는 점 그림으로 전시회를 할
수 있는 실력까지 쌓았어요.

여러분, 점 하나는 아주 작아요. 하지
만 아무것도 하지 않은 것과 점 하나를
찍은 것의 차이는 이렇게 다른 결과를
가지고 와요. 여러분이 '없어요' '몰라요'
라고 말하면 여러분의 뇌는 더 이상 생
각을 하지 않아요. '왜일까?' '뭘까?' 하고
궁금해할 때, 여러분의 상상력은 (칠판의
그림을 가리키며) 이렇게 멋진 대답을 해
줄 거예요.

그림 안에 줄무늬를 그린 의준이, 점을
그린 재호처럼 조그마한 세상을 자세히 들여다볼 줄 알아야 해요. 그
리고 승희나 현이처럼 넓고 크게 세상을 둘러보고 그릴 줄 아는 것도
아주 중요해요. 우리 친구들이 크고 작은 두 세계를 다 살펴볼 수 있으
면 좋겠습니다."

샤갈의 그림에서 어떤 소리가 들리나요?

칠판에 '눈으로 듣기'라고 썼습니다. 글을 읽은 해람이가 묻습니다.

"선생님, 눈으로 어떻게 들어요?"

고마운 질문입니다. 아이들에게 물어보려고 했던 말을 해람이가 스스로에게, 그리고 친구들에게 대신 해 주었습니다.

"그래요. 우리는 눈으로 보고 귀로 들어요. 그런데 왜 이렇게 적었을까요? 눈으로 듣는 게 가능한 걸까요?"

이름을 부르는 대신 고개를 갸웃거리는 아이들과 눈을 맞추며, 입이 아닌 눈으로 묻습니다. 해람이, 기완이, 해나, 재호…….

"여러분이 잘 알고 있는 작곡가 베토벤은 귀가 들리지 않았지만 불후의 명곡을 남겼어요. 소리를 듣지 못하는데 어떻게 음악을 창작할 수 있었을까요? 베토벤은 소리를 그림처럼 봤다고 해요."

준비해 두었던 베토벤이 작곡한 교향곡을 들려줄 순간입니다.

"여러분, 음악을 자세히 들어 보세요. 눈앞에 어떤 풍경이 펼쳐지나요? 어떤 그림이 보이나요?"

"아무 그림도 안 보이는데요."

"선생님, 졸려요."

"졸려요? 그럴 수 있어요. 이렇게 졸리는 음악인데, 백 년도 더 지난

〈에펠탑의 신랑 신부(Les Mariés De La Tour Eiffel)〉

'색채의 마법사'라고 불리는 샤갈의 집 응접실 벽난로 위에 걸려 있던 작품이라고 합니다. 사람과 동물이 섞여 있는 장면과 연애 장면은 샤갈의 다른 그림에서도 많이 볼 수 있는 주제입니다.

지금까지 많은 사람들에게 사랑받는 이유는 뭘까요?"

아이들은 소리에서 그림을 보고 그림에서 소리를 듣는 것을 낯설어하고 어려워했습니다. '선생님은 왜 이런 따분한 음악을 들려줄까' 하는 표정입니다. 하지만 '색채의 마법사'라고 불리는 마르크 샤갈(Marc Chagall)의 그림에서 소리를 찾으면서 아이들은 달라졌습니다.

〈에펠탑의 신랑 신부〉에서 바이올린 소리가 들린다고 합니다. 염소 울음소리, 닭 울음소리, 결혼식 행진곡이 들린다고 말합니다. 〈나와 마을〉에서는 여자가 우유 짜는 소리가 나고 사람과 동물이 말하는 소리가 들린다고 합니다. 아이들은 〈도시 위에서〉를 보며 남자가 여자를 안고 날아가는 소리를 듣고 〈두 얼굴의 신부〉에서 두리번두리번 고개를 돌리는 소리를 듣습니다.

또 샤갈의 그림에서는 달빛이 내리쬐는 소리가 들리고 눈이 소복이 쌓이는 소리가 들립니다. 할아버지가 지붕 위를 걸어가는 소리도 들립니다. 샤갈의 그림에는 정말 많은 소리들이 숨어 있었습니다. 역시 아이들의 상상력은 뛰어납니다. '눈으로 듣기'를 생소하게 느끼고 어려워하던 모습은 금세 사라졌습니다.

샤갈의 그림

그림에 귀를 갖다 대면 여러 가지 소리가 난다.

나뭇잎이 살랑거리는 소리

관객들이 함성을 지르는 소리

여자가 바람에 날아가는 소리

남자가 괴물로 변하는 소리

할아버지가 살금살금 걸어가는 소리

남자가 여자를 안고 날아가는 소리

밤에 연못이 찰랑거리는 소리

나는 기분이 좋아졌다.

마치 소리나라에 온 기분이다.

부양초 2학년 장혁진, 『나는 도서관에서 놀아요』 중에서

파란색에서 어떤 소리가 나나요?

샤갈의 그림에서 나는 소리를 말로 표현해 보았지만 막상 글을 쓰려고 하니 어려운 모양입니다. 몇몇 아이들이 난감한 표정을 짓습니다.

"여러분, 샤갈의 그림에서 소리를 찾아도 좋고, 색에서 소리를 찾아도 좋아요. 우리도 색채의 마법사가 될 수 있어요. 빨간색에서 어떤 소리가 나나요? 또 파란색에서 어떤 소리가 나나요?"

아이들은 의외로 색의 소리에 아주 쉽게 접근합니다. 경찬이는 검은색에서 우주 비행사가 화성을 걸어 다니는 소리를 찾았습니다. 또 검은색에서 우주를 떠다니는 화가의 그림 그리는 소리도 들린다고 합니다. 하늘색에는 과학자가 현미경 보는 소리가 나고, 초록색에는 과학자가 새로운 바이러스를 발견하고 '하하하' 웃는 소리가 난다고 합니다.

정희의 분홍색에서 무궁화 꽃이 피었습니다. 정희의 주황색에서 예쁜 티셔츠가 물들었습니다. 성준이의 하얀색에서 공책 넘기는 소리가 나고 성준이의 빨간색에서 사과를 아삭아삭 씹는 소리가 납니다. 민후는 형광 주황색에서 펄럭이는 망토 소리를 듣습니다.

색연필

파란색을 보면 휩쓸리는 파도 소리
빨간색을 보면 뜨거운 태양 소리
연두색을 보면 나뭇잎 소리

하얀색을 보면 종이 소리

검은색을 보면 글씨 소리

갈색을 보면 나무 소리

형광 주황색을 보면 펄럭이는 망토 소리

초록색을 보면 신호등 소리

주황색을 보면 오렌지 소리

하늘색을 보면 비행기 소리

색을 보면 여러 가지 소리가 들려요.

수택초 1학년 전민후, 『나는 도서관에서 놀아요』 중에서

내 그림에는 어떤 소리가 있나요?

소리가 들리지 않는 곳에서 소리를 찾던 아이들은 샤갈처럼 그림을 그렸습니다. 아이들은 이제 자기가 그린 그림 속에서도 소리를 찾습니다. 그리고 시를 씁니다.

내 그림에는

붓으로 그림을 그리는 소리가 나요.
강아지랑 사람이 살아서 얘기하는 게 들려요.

그림에서 액자를 거는 소리가 들려요.

토평초 1학년 손상희, 『나는 도서관에서 놀아요』 중에서

내가 그린 그림

내 그림에는

국이 끓는 소리가 들려요.

천둥 번개가 치고

먹구름이 몰려와요.

내 그림에는

칼로 도마를 치는 소리가 들려요.

과자가 구워진 소리가 들려요.

그래서 나는

먹지도 않았는데 배가 불러요.

토평초 2학년 나승주, 『나는 도서관에서 놀아요』 중에서

"여러분, 생각이란 뭘까요?"
준영이가 자신 있게 말했습니다.
"생각은 내가 그린 기린이 살아나게 해요."
상희도 손을 듭니다.

"생각은 걸어 다니는 아이스크림을 만들어요."

혁진이가 덧붙였습니다.

"생각은 시계 숫자들이 도망갈 수도 있어요."

"여러분의 생각으로 줄무늬 양말이 사자로 바뀌었어요. 여러분은 그림에서 소리를 찾아내고 글을 썼어요. 생각을 조금만 달리하면 이렇게 멋진 세계를 만날 수 있어요. 여러분이 매일 걸어 다니던 길도 다르게 보이고, 여러분 앞에 놓인 책상이나 연필과 대화도 나눌 수 있어요. 앞으로도 그림 속에서 소리를 찾고, 소리에서 보이지 않는 그림을 찾으며 여러분의 생각을 넓혀 보세요."

1. '그림 이어 그리기'처럼 '말 잇기'를 할 수 있습니다.

'말 잇기'는 하나의 문장이 친구들의 생각으로 다르게 뻗어 나가는 과정을 체험하는 활동입니다. 또한 앞 문장과 뒤 문장의 구성력을 기를 수 있습니다.

아이들에게 "생각이란 무엇일까요?"라고 물었습니다. 기빈이가 "학교가 날아가는 게 생각이에요"라고 답했습니다. 그래서 '학교가 날아가요'라는 문장으로 '말 잇기'를 시작했습니다.

"학교가 날아가요." **박기빈**

"학교는 집집마다 다니며 아이들을 태워요." **장민준**

"구름이 학교로 들어왔어요. 아이들은 구름빵을 만들어요." **정예원**

"갑자기 우주에서 깨진 공룡 알이 떨어져 학교와 부딪쳤어요." **임재헌**

"학교가 뒤집어졌어요. 아이들이 물구나무를 서요." **원현서**

"학교가 이상한 동네에 떨어졌어요." **이규원**

"이상한 동네는 지진이 나고 있어요. 학교가 갈라진 땅으로 빠지려고 해요. 땅과 학교가 부딪치는 곳에서 열이 나서 학교가 다시 하늘로 올라갔어요." **정해람**

"학교가 무사히 제자리에 도착했어요." **박지연**

"아이들은 학교가 뒤집어졌을 때처럼 물구나무서기를 하고 공부를 해요. 입으로 책을 넘겨요." **서영호**

(구리 교문도서관 1~2학년 어린이)

2. 그림책 『생각』 활용하기

이보나 흐미엘레프스카 작가는 이 책에서 생각으로는 무엇이든지 할 수 있고, 생각은 모든 것이 될 수 있다고 말합니다. 책 뒷장에는 여러 가지 그림으로 된 낱자가 있습니다. 이것으로 '생각'이라는 두 글자를 만들고 이야기를 나눌 수 있습니다. 아이들이 스스로 낱자를 만들어도 좋습니다. '생각'이라는 글자에 마음대로 모양을 붙이고, 그림을 그리면서 '생각'을 표현해 볼 수 있습니다.

아이들은 낱자 'ㅅ' 'ㅐ' 'ㅇ' 'ㄱ' 'ㅏ' 'ㄱ'을 가지고 자유롭게 글자 만들기 놀이를 했습니다. 해람이는 '생일'이라는 글자를 만들었습니다. 낱자 'ㅣ'와 'ㄹ'이 없어 직접 그렸습니다.

"씽씽카를 갖고 싶은데 엄마가 생일에 씽씽카를 사 주신다고 했다. 그래서 '생일'이라는 단어가 생각났다. 'ㅣ'와 'ㄹ'이 없어서 포크, 숟가락, 젓가락, 뱀을 그렸다. 포크, 숟가락, 젓가락, 뱀이 술래잡기를 하고 있는데 뱀이 잡히는 모습이다."

수택초 2학년 정해람

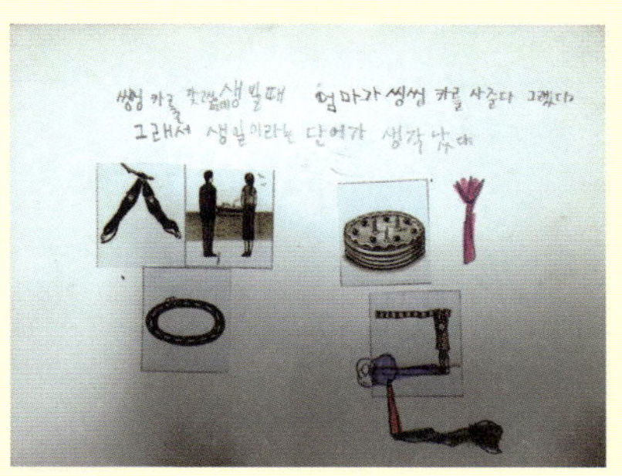

『생각』

이보나 흐미엘레프스카 글·그림, 이지원 옮김, 논장

생각에는 한계가 없습니다. 생각으로는 뭐든지 할 수 있습니다. 구체적인 주변 사물에 빗대어 연상하고, 새로운 해석을 시도하는 작가의 '생각'은 아이들에게 쉽게 다가갑니다. 아이들은 책 속의 그림과 질문을 따라가며 떠오르는 생각을 술술 풀어냅니다.

문학 수업에서는 어떤 엉뚱한 대답이 나와도 재미있는 이야기가 됩니다. 문학 수업은 참 신기합니다. 처음에 "없어요" "몰라요"라고 말하던 아이들이 문학 수업을 거듭할수록 '왜일까?' '뭘까?' 하고 궁금해하거든요.

아이들은 질문을 던지고 말을 하는 동안 점점 더 생각이 커집니다. 친구들의 말을 귀담아 듣게 됩니다. 문학 수업은 참 재미있습니다. 생각 주머니에서 이야기가 와르르 쏟아져 나오기 때문입니다.

문학의 출발점은 주변의 모든 것을 새롭게 보고, 거꾸로 보고, 다르게 보는 것입니다.

거꾸로 보는 지도

칠판에 세계지도를 거꾸로 붙였습니다. 아이들은 "선생님, 지도가 거꾸로 붙었어요"라고 아우성입니다.

"정말 지도가 거꾸로 붙었네. 왜 지도를 거꾸로 붙였을까요? 이렇게 보니까 어때요? 여러분, 무언가 다르게 보이는 게 있나요?"

처음에 나라 이름을 말하던 아이들의 생각을 완전히 바꿔 놓은 것은 해수의 엉뚱한 한마디였습니다.

"오리가 보여요."

남아메리카는 걸리버 신발이 되었고, 러시아와 유럽은 긴 바나나가 되었습니다. 지도에 공룡이 걸어 다니고, 악어가 입을 벌리고 있습니다. 똑바로 보면 우리가 잘 알고 있는 지도인데 거꾸로 보니 상상의 세계로 변했습니다. 일상에서 사물을 다르게 관찰하고 거꾸로 보자는 말에, 개구쟁이 지웅이가 신이 나서 소리쳤습니다.

"선생님, 저는 물구나무서서 지도를 거꾸로 본 적이 있어요!"

"자, 선생님이 질문 하나 할게요. 이백삼십 개가 넘는 나라들 중에서 이렇게 지도를 거꾸로 쓰는 나라가 있을까요? 아니면 없을까요?"

있다는 의견과 없다는 의견으로 나뉘었지만 대부분의 아이들이 있을 것 같다고 대답합니다. 호주 지도를 보여 주며 호주가 우리나라와 달리 지도를 거꾸로 사용하고 있다는 사실을 말해 주었습니다.

"그러면 호주는 지도를 왜 거꾸로 사용할까요?"

자료를 넘기며 프랑스에서 사용하는 지도를 보여 줬습니다. 프랑스

지도는 북아메리카와 남아메리카가 왼쪽에 있고 프랑스가 지도의 중심에 있습니다. 이 지도에서 우리나라는 오른쪽 끝으로 밀려납니다. 우리나라에서 사용하는 지도를 보면 대한민국이 세계의 중심입니다. 이 두 지도에서 호주는 아래쪽에 있습니다. 하지만 거꾸로 된 호주 지도를 보면 호주가 지도의 중심에 있습니다.

낯선 그림, 새로운 창작

익숙한 것을 거꾸로 보고, 새롭게 바꾸어 본 화가 르네 마그리트 (René Magritte)의 그림을 보여 주었습니다. 아이들은 전혀 어울리지 않는 대상들이 결합된 그림을 보며 상상의 나래를 펼쳤습니다.

아이들은 〈살아있는 예술〉을 보자마자 괴성을 질렀습니다. 선민이는 "달을 먹어서 얼굴이 동그랗게 되었어요"라고 말합니다. 호성이는 "풍선을 먹어서

〈살아 있는 예술(L'Art De Vivre)〉

아이들은 그림 속 인물이 달과 풍선을 먹어서 얼굴이 동그랗게 되었다고 말합니다. 만약 이 인물이 기다란 호박을 먹으면 어떻게 될까요? 네모난 각설탕을 먹으면 어떻게 될까요? 또 별을 삼키면 어떻게 될까요?

〈레슬러의 무덤(Le Tombeau Des Lutteurs)〉

장미에 손이 닿으면 안으로 빨려 들어갈 것 같아요. 커다란 꽃잎 속에 들어가면 어떤 일이 벌어질까요?

얼굴이 부풀어 올랐어요"라고 말합니다. 그리고 지민이의 한마디가 아이들을 빵 터지게 만들었습니다.

"성형수술 부작용이에요."

아이들은 붉은 장미 한 송이가 방을 꽉 채우고 있는 〈레슬러의 무덤〉을 보고 각자의 생각을 발표합니다. 서영이는 "인형 집에 장미를 넣어둔 것 같아요"라고 말합니다. 은희는 "과학자가 '멈추지 않고 자라는 장미'를 개발했는데 그 장미가 계속 커지고 있는 거예요"라고 말합니다. 그리고 소연이는 "수천 송이의 장미가 착시현상 때문에 한 송이로 보

〈붉은 모델(Le Modèle Rouge)〉

신발일까요? 발일까요? 이것도 될 수 있고 저것도 될 수 있는 그림을 상상해 보세요. 그리고 '발이 없는 사람에게 발이 되어 준다는 것'이 어떤 의미인지 생각해 봅시다.

이는 거예요"라고 말합니다.

발이 신발로 변하는 것 같기도 하고 신발이 발로 변하는 것 같기도 한 그림 〈붉은 모델〉을 본 아이들은 또 소리를 지릅니다. 사내아이들은 "잘린 발이 걸어 다녀요"라며 공포 영화의 한 장면을 흉내 냅니다. 하진이는 "거짓말을 한 사람이 신발이 되는 중"이라고 말합니다. 수진이는 "몸이 줄어들어 신발 속으로 쏘옥 들어갔어요"라고 말합니다.

아이들은 누가 어떤 이야기를 하더라도 맞아떨어지는 르네 마그리트의 그림에 매료되었습니다. 그리고 그림을 보고 떠오르는 생각을 말하는 데 푹 빠졌습니다. 먼저 발표한 친구가 자기가 말하려던 이야기를 해 버리면 아쉬운 탄성을 지릅니다.

"여러분은 생각이 아주 많아요. 빨리 다른 것을 떠올릴 수 있어요."

이 말을 들은 아이들은 금세 다른 생각을 해냅니다.

이번에는 다리는 사람이고 머리와 몸은 물고기인 그림 〈공동 발명〉

©ADAGP, Banque d'Image, Paris – GNCmedia, 2013

을 보여 주었습니다. 여기저기서 "와!" 하고 탄성이 터져 나왔습니다. 지민이는 "환경이 오염되어 사람이 물고기로 변하고 있어요"라고 합니다. 주미는 "물고기 머리를 가진 사람이 사는 시대예요"라고 말하고, 세환이는 "사람이 되고 싶은 물고기가 사람으로 변신하고 있어요"라고 말합니다. 또 미리는 "바닷속에는 실제로 이런 물고기가 있어요"라고 말합니다.

르네 마그리트의 그림이 연이어지자 더 이상 질문이 필요치 않습니다. 아이들은 그림을 보자마자 각자 생각에 몰입합니다. 혜수는 동화 주인공을 만들고, 지민이는 미래 환경을 들여다봅니다. 재는 그림을 과학과 접목하고, 재혁이는 역사를 떠올립니다. 기발한 그림에 놀란 아이들은 친구들의 기발함에 또 한 번 놀랍니다. 다음 그림은 어떤 것일지 기대감이 점점 커집니다.

〈여름〉을 본 완희는 "구름이 집으로 들어오고 있어요"라고 말합니다. 채린이는 "구름이 바닷가로 놀러 가는 중"이라고 말하고, 혜수는 "구름

〈여름(Le Poison)〉

그림 속 구름은 하늘에서 내려온 구름일까요? 혹시 푸른색으로 변하고 있는 문이 구름을 만들고 있는 건 아닐까요?

이 지나갈 때 문이 하늘색으로 바뀌고 있어요"라고 말합니다. 그리고 주리가 기발한 이야기를 했습니다.

"제빵사가 구름으로 빵을 만들려고 하니까 구름이 깜짝 놀라 도망가는 중이에요."

"여러분, 하나의 그림을 보고 여러분 생각이 다 똑같았나요?"

"아니요."

"우리 서른 명도 이렇게 모두 다른 생각을 가지고 있는데, 전 세계에 사는 많고 많은 사람들은 얼마나 다양한 생각을 할까요? 지금 여러분은 학교 운동장을 뛰어다니지만 앞으로 여러분의 두 발은 전 세계를 누비고 우주에 오가게 될 거예요. 선생님은 오늘 우리가 지도를 거꾸로 본 것처럼, 르네 마그리트의 그림을 보고 상상력을 마음껏 펼쳤던 것처럼, 앞으로도 멋진 생각을 키워 나가는 여러분이 되었으면 좋겠습니다."

르네 마그리트처럼 상상하기

르네 마그리트 그림을 보고 생각을 풀어낸 아이들과 '르네 마그리트처럼 상상하기'라는 시간을 가졌습니다.

수빈이는 열기구를 타고 하늘에 올라 '구름의 얼굴'을 보았습니다. 두 눈은 막대 사탕과 풍선 모양, 코는 당근 모양, 입은 새 모양입니다. 채연이는 걸어가는 여자아이를 그리고 '물음표'라는 이름을 붙였습니다. '물음표'는 수천 수백만 명의 오빠를 찾아다니는 아이입니다. 채연이는 문학 수업에서 오빠를 찾았다고 말합니다. 알고 보니 교실 문 위에 달린 비상구 표시등에 그려진 사람이 '물음표'의 오빠였습니다. 지윤이는 '와인을 마시는 고양이'를 그리고 서연이는 '하늘 집'을 그렸습니다.

이수빈, 〈구름의 얼굴〉

신채연, 〈물음표〉

최지윤, 〈고양이의 와인〉

경민이는 입이 달린 스피커를 만들었습니다. 성능이 아주 좋은 '마우스 스피커'입니다. 어느 날, 이 스피커가 고장이 났습니다. 누구도 엄청난 소리를 내는 스피커를 끄지 못했습니다. 그 소리가 어찌나 강력한지 경찰이 스피커를 향해 쏜 총알마저 튕겨 나왔습니다. 사람들이 우왕좌왕하고 있을 때, 조그마한 개미 한 마리가 한 치의 망설임도 없이 전원을 껐습니다. 개미에게는 '마우스 스피커' 소리가 들리지 않기 때문이라고 합니다.

한 사람 한 사람 발표가 끝날 때마다 아이들은 깜짝 놀랐습니다. 친구들이 상상력을 발휘한 이야기 속에는 반전이 있었습니다. 세은이는 하늘에서 내리는 '글씨 비'를 그렸습니다. 자음과 모음이 멋대로 결합되어 온 세상에 떨어지고 있습니다. 그림은 밝고 경쾌합니다. 그런데 글은 전혀 다른 이야기를 담고 있습니다.

나는 요즘 한국 사람들이 변하고 있다는 것을 느끼고 있었다. 사람들 모두 다 그렇게 생각하고 있을 것이다. 사람들이 모두 이상한 말을 하고 있다. 나는 무슨 말인지도 모르겠는데, 모두 무엇에 홀린 듯 이상한 말을 하며 즐기고 있다. 그런데 사람들만 그런 것이 아니었다. 우리나라 전체가 바뀌고 있었다. 대한민국 지도가 글씨로 빼곡히 가득 차 있었다. 하늘에서 내리는 비도 글씨였다. 이 비는 우산과 건물들을 모두 글씨로 바꿔 버렸다. 이게 무슨 일인가! 역시나 원인은 우리가 사용하는 줄임

선경민, 〈마우스 스피커〉

양서연, 〈하늘 집〉

김세은, 〈글씨 비〉

말, 나쁜 말, 비속어 등이 아름다운 우리말을 이렇게 더러운 글씨로 바꿔 버린 것이었다. 정말 끔찍하지 않나! 이제는 더 이상 바뀔 수 없나! 이제부터 어떻게 해야 하는 것인가!

서현이는 손이 장갑으로 변하는 것 같기도 하고, 장갑이 손으로 변하는 것 같기도 한 그림을 그렸습니다. 그리고 한 편의 아름다운 이야기를 들려주었습니다.

마을에 '하루'라는 여자아이가 있었어요. 그날은 '하루'의 생일이었어요. 들뜬 마음으로 집을 향해 달려가다가 하루는 기차 바퀴에 손이 깔려 손을 절단하는 수술을 받아야 했어요. '하루'의 아빠는 손이 없어 아이들에게 놀림받는 '하루'가 안쓰러워서 가짜 손을 개발했어요. 하루의 아빠는 그것을 계기로 사업을 시작했고 다리, 손, 손가락 등을 개발해 많은 사람들에게 희망과 용기를 주었어요.

부양초 5학년 이서현

아이들은 친구의 기발한 생각에 아낌없는 박수를 쳤습니다.

편지 쓰기와 발표하기

"지금부터 '나와 같은 꿈을 꾸고 있는 세계의 친구에게' 편지를 쓸 거예요. 어느 나라의 어떤 친구에게 써야 할지 생각나지 않는 친구들은 '만나고 싶은 인물에게' 또는 '미래의 나에게' 편지를 써도 좋아요. 그리고 오늘 만나 본 '르네 마그리트에게' 글을 써도 좋아요.

편지는 형식에 맞춰 쓰는 글이고, 여러분이 잘 알다시피 읽는 대상이 정해져 있어요. 편지의 형식에는 어떤 것이 있는지 말해 볼 수 있는 친구 있나요?"

명규가 손을 들고 일어났습니다.

"편지를 쓸 때는 받는 사람을 먼저 써요. 첫인사를 한 다음에 전하고 싶은 말을 써요. 그리고 끝인사를 하고 보내는 사람이 누군지 적어요."

"네, 맞아요. 편지에는 받는 사람, 첫인사, 전하고 싶은 말, 끝인사, 편지를 쓴 날짜, 마지막으로 보내는 사람을 쓰지요. 여러분, 어른이나 모르는 사람에게 편지를 쓸 때는 말을 어떻게 해야 할까요?"

은희가 답했습니다.

"그래요. 우리말에는 상대방을 높여 부르는 '높임말'이 있어요. 그러면 여러분이 친구에게 편지를 쓸 때는 어떻게 하죠?"

이번에는 세진이가 말했습니다.

"맞아요. 높이거나 낮추는 말이 아닌 보통으로 하는 말을 '예사말'이라고 해요. 편지를 쓸 때는 상대방에게 알맞은 말로 쓰는 거예요. 지금부터 마음속으로 생각한 사람에게 편지를 써 보세요."

재는 자기와 같은 꿈을 꾸고 있는 가상의 미국 친구에게 편지를 썼습니다.

미국에 사는 미래의 내 친구 하버드에게

안녕? 난 사공재라고 해. 처음 듣는 이름이지? 난 성이 '사공'이고 이름이 '재'야. 내 꿈은 생명과학자인데 넌 꿈이 뭐니? 아, 너도 나와 같은 생명과학자구나. 우리 나중에 같이 과학연구소를 차릴까? 그러려면 일단 만나야겠지? 우리 서른 살 때 만나는 거다. 약속했어. 난 네가 정말 부러워. 강아지를 키우잖아. 난 못 키우거든. 우리 집이 이제 곧 재개발 되니까. 집이 커지면 살 거야. 그래서 강아지에 대해 연구하고 또 연구

할 거야. 나는 꼭 유명한 생명과학자가 될 거야. 그럼 나중에 보자. 안녕,
꼭 훌륭한 생명과학자가 되어서 내 앞에 나타나야 해.

2011년 10월 19일 네 미래의 친구 사공재가

『난 하트가 되고 싶어』 중에서

미래의 나, 의사에게

안녕! 미래의 나. 나는 3학년 때의 건우야. 너는 지금 의사니? 수술도
할 수 있겠네. 엄마, 아빠가 편찮으시거나 동생이 몸이 아프면 도와주
자. 그리고 우리는 아주 위험한 수술을 성공해서 위대한 의사가 되자.
안녕, 미래의 나. 미래에서 보자.

2011년 10월 19일 열 살인 건우가

행성 '엑스'에 사는 친구에게

안녕, 나는 너를 찾고 싶은 허민수라고 해. 나는 꼭 너를 찾고 싶어. 나
는 한국에서 태어났고 지금은 초등학교 3학년이야. 언젠가 꼭 만나 지
구에 와서 같이 놀자. 또 한국 음식도 같이 먹자.

2011년 10월 19일 민수가

안녕하세요? 저는 차지민이라고 합니다. 당신이 그린 상상의 그림이 엽기적인 것도 있고 재미있는 그림도 있어서 아이들에게 큰 호감을 줘요. 저도 컴퓨터를 많이 배워 아저씨처럼 재미있는 그림을 만들게요. 저는 아저씨에게 지지 않을 만큼 멋진 그림을 그릴 거예요.

2011년 10월 19일 행복한 아이 차지민 올림

르네 마그리트 할아버지, 저 선민이에요. 상상력이 높아지는 할아버지의 그림을 보고 많은 생각을 했어요. 그중 기억에 남는 그림은 사람 비, 신발과 발이 합쳐진 그림이에요. 그리고 사람 얼굴이 커진 그림도 인상 깊게 남았어요. 저도 상상력을 기르는 사진을 만들어 볼게요. 할아버지, 안녕히 계세요.

2011년 10월 19일 선민이가

안녕하세요? 저는 야구를 좋아하는 아이랍니다. 저는 야구를 좋아해서 꿈이 야구 선수랍니다. 하지만 박찬호 선수처럼 투수가 아니라 타자이고 유격수가 되는 것이 제 꿈이에요. 제가 커서 야구 선수가 되어서 한국 시리즈 우승하고 금메달도 따고 박찬호 선수처럼 유명한 야구 선수가 될 거예요. 박찬호 선수 파이팅!

2011년 10월 19일 야구 선수가 꿈인 하지민이가

기성용 선수에게

기성용 아저씨! 안녕하세요. 전 축구 선수가 되고 싶은 정명규예요. 저는 기성용 아저씨가 열 살 때도 축구를 잘했는지 궁금해요. 아마도 열심히 연습했겠죠. 저도 열심히 연습하면서 축구를 재미있게 해야겠어요. 제 꿈이 축구 선수니까요. 저는 기성용 아저씨를 보면서 꿈이 더 커졌어요. 앞으로도 축구 선수를 꿈 삼아 열심히 연습할게요.

2011년 10월 19일 팬인 정명규 아이가

1. 르네 마그리트 그림을 보고 시 쓰기

르네 마그리트 그림 중 마음에 드는 작품을 골라 자유로운 형식의 시 쓰기를 합니다. 민준이는 르네 마그리트의 〈여름〉을 보고 다음 시를 썼습니다.

구름과 아이

문으로 구름이 들어 왔어요.
아이가 깜짝 놀랐어요.
아이는 신기했어요.
구름을 만졌어요.

구름이 방으로 들어 왔어요.
아이는 몰랐어요.
구름이 침대에 누웠어요.
아이는 깜짝 놀랐어요.

백문초 1학년 장민준

2. 『리디아의 정원』처럼 편지글로 그림책 만들기

편지의 형식으로 적은 글을 네 장면이나 여덟 장면으로 나누어 그림책을 만들어 봅니다. 아이들은 상상 속의 친구에게 비밀 편지를 쓰고 그림책을 만들었습니다. 주제는 '나만 알고 있는 소중한 물건'입니다.

편지글로 그림책을 만드는 아이

"바나나야, 안녕! 내 이름은 영호야. 내가 지금부터 신기한 것을 알려줄게. 나한테는 신기한 가방과 타임머신, 자동차가 있어."

서영호

"난 이 시계가 좋아. 이 시계는 시간을 멈출 수 있어! 놀러 가면 시간이 빨리 가잖아? 이 시계를 사용하면 시간이 멈추어서 많이 놀 수 있어."

이규원

"내 우산은 뭐든지 다 막아 줘. 황사나 태풍도 다 막아 줘."

임재헌

"내 비밀 물건은 구슬이야. 이 구슬은 내가 가고 싶은 곳을 말하고 던지면 소용돌이가 쳐. 그 안으로 들어가면 내가 생각했던 곳이 나와."

정해람

장자초 1학년 정예원

백문초 2학년 이경은

「리디아의 정원」

사라 스튜어트 글, 데이비드 스몰 그림, 이복희 옮김, 시공주니어

황량하던 거리와 공터에 꽃이 만발했습니다. 이웃 사람들의 가슴속에도, 표정이 없던 외삼촌의 얼굴에도 웃음꽃이 활짝 폈습니다. 편지글로 전개되는 이야기 속에 꽃을 사랑하는 리디아가 있습니다. 리디아의 손길이 닿는 곳마다 희망의 꽃이 피어납니다.

우린 서로 달라요

아이들은 얼굴도 다르고, 성격도 다르고, 잘 하는 것도 다 다릅니다. 그런데 아이들이 똑같아지려 합니다. 모두 일등을 향해 달리고 있기 때문일까요? 안타깝게도 아이들은 자기가 얼마나 멋진지, 자기 생각이 얼마나 기발한지 종종 잊어버립니다. 한창 뛰어놀아야 할 시기에 경쟁에 내몰렸습니다. 이런 아이들에게 문학은 숨통입니다.

문학 수업은 머리와 가슴속에서 생각과 마음을 꺼내는 시간입니다. 누군가 정해 놓은 길을 가는 것이 아니라 스스로 새로운 길을 만들어 가는 시간입니다. 아이들이 말하는 모든 말은 새로운 이야기로 엮이고, 서로의 생각을 열어 주는 초석이 되고 글감이 됩니다. 그리고 아이들은 글을 씁니다.

'다르다'는 아이들의 자존감을 높이는 아주 좋은 주제입니다. 각기 다른 집들과 특이한 건축물을 보면서, 아이들은 다르기 때문에 최고일 수 있다는 것을 깨닫습니다. 그리고 세상에 하나밖에 없는 집을 짓습니다.

다르다와 틀리다

오늘 문학 수업의 주제는 '다르다'입니다. 아이들은 '다르다'와 '틀리다'를 혼동해서 쓰는 경우가 종종 있습니다. 정확한 언어 구사를 위해 어휘의 쓰임새에 대한 이야기로 수업의 문을 열었습니다.

"여러분 중에 '다르다'와 '틀리다'를 설명할 수 있는 친구 있나요?"

은희가 손을 들었습니다.

"'수진이와 서영이 얼굴이 다르다'라고 할 때 '다르다'를 쓰고 '수학 문제가 틀렸다'라고 할 때 '틀리다'를 써요."

"은희가 예를 들어 설명을 잘해 주었어요. 은희와 다르게 설명할 수 있는 친구?"

미리가 또랑또랑하게 말했습니다.

"'다르다'는 '같다'의 반대말이고 틀리다는 '맞다'의 반대말이에요."

"단어를 설명할 때 미리처럼 반대말을 떠올리는 것은 아주 좋은 방법이에요. '수진이'와 '서영이'라는 비교 대상이 있고 서로 같지 않을 때 우리는 '다르다'라고 말을 해요. 그리고 셈이나 어떤 사실이 맞지 않을 때

'틀리다'라고 말합니다.

우리는 지난 시간에 세계지도를 보면서 세계에 얼마나 많은 사람이 살고 있는지, 또 이 사람들이 얼마나 기발한 생각을 하며 사는지에 대한 이야기를 나누었어요. 오늘은 선생님이 여러분에게 세계의 집과 건축물을 보여 주려고 해요. 이 집과 건축물을 보고 이야기를 나눈 다음, 여러분 각자의 집을 짓고 그 집에 대한 이야기를 써 볼 거예요."

거꾸로 지은 집

사물을 새롭게 보는 것은 글쓰기에서 매우 중요합니다. 하지만 아이들에게 '사물을 새롭게 보고 글을 써 보세요'라고 말한다면 대부분 무엇을 써야 할지 몰라 당황합니다. 그런데 '거꾸로 지은 집'을 보여 주면 아이들의 반응이 달라집니다. 똑바로 지은 집들만 보고 똑바로 지은 집에서 살고 있는 아이들에게 거꾸로 지은 집은 낯설고 새롭습니다. 새로운 것에 관심을 가진 아이들은 새로운 글을 쓰고, 더 나아가 새롭지 않은 것과의

거꾸로 지은 집 ⓒ데나

차이까지 압니다.

"이 집에 어떤 일이 벌어진 걸까요?"

혜미가 손을 들었습니다.

"지난주에 지도를 거꾸로 본 것처럼 사진을 거꾸로 뒤집어 놓은 것 같아요."

건우는 생각이 다릅니다.

"사진을 자세히 보면 집 앞에 서 있는 사람들이 똑바로 서 있어요. 이 집은 거꾸로 건축된 거예요."

준호의 생각은 또 다릅니다.

"태풍이 불어서 집이 날아 왔어요."

이번에는 질문을 바꾸어 던져 봅니다.

"거꾸로 지은 집 안에는 가구도 거꾸로 있을까요?"

말이 떨어지자마자 '똑바로 있다'는 의견과 '거꾸로 있다'는 의견이 분분합니다. 가구가 거꾸로 설치되어 있다고 말하는 친구들에게 다시 물었습니다.

"침대가 천장에 붙어 있다면 사람들은 어떻게 잘까요?"

"사다리를 타고 올라가서 잘 수 있어요."

소민이가 침대에 들어가 눕는 방법을 손짓으로 표현하면서 말했습니다.

"모양만 거꾸로 되어 있을 뿐 생활하는 데는 불편함이 없어요. 저 집에 사는 사람에게는 거꾸로 있는 것이 똑바른 거니까요."

희선이가 말했습니다. 재미있는 발상이 꼬리에 꼬리를 뭅니다.

"집을 거꾸로 짓겠다고 생각한 사람이 이 건축가뿐일까요?"

아이들은 "아니요"라고 합창을 합니다. 거꾸로 지은 집을 더 보여 주었습니다. 굴뚝만으로 지탱하여 위태로워 보이는 집이 있고, 몸을 기울여야 들어갈 수 있을 것 같은 집도 있습니다.

"자, 이제부터 여러 나라의 집과 건축물을 만나 볼 거예요. 집을 거꾸로 지은 건축가처럼 여러분도 기발한 생각을 펼쳐 보세요."

몽골, 게르를 짓고 사는 까닭

"여기는 몽골입니다. 몽골의 수도 울란바토르는 우리나라 도시와 비슷해요. 하지만 시골로 가면 아직까지 게르를 짓고 사는 사람들이 많아요. 몽골 사람들은 왜 이런 집을 짓고 살까요?"

상준이가 의기양양하게 말했습니다.

"이동 생활을 해서요."

"맞아요. 몽골에는 아직도 이동 생활을 하는 유목민이 있어요. 유목민은 왜 이동 생활을 할까요?"

"이사 다니는 걸 좋아해서요."

"희수 말처럼 이사하는 게 어려워 보이지 않네요."

"아이들에게 많은 것을 보여 주기 위해서요."

"아이들에게 많은 것을 보여 주고 싶은 건 엄마의 마음 같네요. 또 다른 친구?"

게르 ⓒ최경자

"그래요. 유목민들은 양과 말 같은 가축을 기르며 살아요. 가축들이 주변의 풀을 다 뜯어 먹어서 더 이상 먹을 것이 없어지면 이동해요. 물도 마찬가지예요.

여러분, 몽골은 초원이 끝없이 펼쳐져 있어서 어디를 가나 지평선을 볼 수 있어요. 그래서 몽골 사람들은 시력이 아주 좋다고 해요. 그리고 몽골 아이들은 세 살 때부터 말타기를 배워요. 여러분이 세발자전거를 탈 때 말을 타는 거죠. 여러분 또래의 아이들은 말타기 시합을 하거나 씨름을 하면서 놀아요."

북극 이누이트, 왜 얼음으로 집을 지을까요?

"이게 뭘까요?"

"이글루요."

"이글루는 무엇으로 만들까요?"

"눈이요."

"북극 사람들은 수많은 재료 중에 왜 얼음과 눈덩이로 집을 지을까
요?"

"얼음밖에 없어서요."

"맞아요, 북극에는 나무가 없어요. 사방이 온통 눈이고 얼음뿐이에
요. 그래서 얼음으로 집을 짓는 거예요."

질문을 이어갑니다.

"얼음을 잘라 쌓아서 이글루를 만들어요. 얼음과 얼음의 틈새는 어떻
게 메울까요?"

"눈을 사이사이에 넣어요."

"눈을 사이사이에 넣으면 바람을 완벽하게 막을 수 있을까요?"

이 질문에 아이들은 잠시 생각에 잠깁니다.

"이글루가 완성되면 입구를 꼭 막은 상태에서 바다표범 기름 램프를
켜요. 그러면 얼음이 살짝 녹아내리는 동시에 바깥 온도 때문에 다시
꽁꽁 얼어 버린대요. 그래서 틈이 하나도 없는 벽이 만들어진다고 합
니다.

북극의 겨울 온도는 영하 30~40도예요. 얼마나 추운 날씨인지 상상

이 되나요? 영하 40도에서는 뜨거운 물도 금세 얼음으로 변한답니다. 그래서 이글루 밖에서 물을 뿌리면 그대로 얼어버리는데, 이때 발생하는 온도로 이글루 안이 따뜻해지는 거예요. 이글루 안의 온도는 영상 15도 정도라고 해요. 겉옷을 벗고 지낼 수 있는 온도예요. 이글루에는 실내에서 발생하는 열을 방출할 수 있는 환기구가 있어요. 또 물속에서 건져 올린 투명한 얼음으로 창문을 만들기도 한대요.”

캄보디아, 나무집은 다리가 길어요

"다음은 캄보디아의 시골 마을입니다. 이곳 사람들은 나무로 집을 지어요. 집을 드나들기 위해서는 사다리가 필요하고요. 캄보디아 사람들은 왜 땅에서 높은 곳에 집을 지을까요?"

지민이가 먼저 말했습니다.

"동물들이 집에 들어오지 못하게 하려고요."

성훈이도 자신 있게 말했습니다.

"땅에 열이 너무 많아 높이 지었어요."

현빈이가 덧붙였습니다.

"비가 많이 와서요."

"맞아요. 캄보디아는 5월에서 10월까지 우기예요. 우기에는 비가 많이 내려 집 바로 밑까지 물이 차오르기 때문에 높은 곳에 집을 짓는 거예요."

갑자기 민수가 손을 번쩍 들고 말합니다.

"선생님, 기둥 네 개가

캄보디아 나무집 ⓒCarolinaJG (http://mrg.bz/Vohwhj)

거북이 다리 같아요."

우기에는 네 기둥이 물속에 잠겨 보이지 않습니다. 이 모양을 민수는 등껍질에 다리를 숨기는 거북이에 비유합니다.

"우리는 계속해서 집과 환경에 대한 이야기를 하고 있어요. 여러분은 나중에 어떤 환경에 집을 지을지 떠올려 보면서 다음으로 넘어가겠습니다."

하롱베이, 물 위에 떠 있는 집

"여기는 베트남의 하롱베이 수상마을입니다. 하롱베이 사람들은 왜 물 위에 집을 짓고 살까요?"

"물을 좋아해서요."

"매일 수영을 할 수 있어서요."

"물고기를 좋아해서요."

"집에서 바로 낚시를 할 수 있어요."

"날씨가 더울 때 좋을 것 같아요."

"홍수가 났을 때 이로울 것 같아요."

다양한 이야기가 나왔습니다. 어느 것이 가장 그럴듯하다고 말하지 않습니다. 문학은 정답을 찾는 일이 아니니까요. 서로 다른 생각에 공감을 표시하고 내 생각 하나 보태면 충분합니다.

"정말, 수영도 낚시도 쉽게 할 수 있겠네요. 그리고 땅이 부족하기 때문에 물 위에 집을 짓기도 해요."

신기한 집, 재미있는 상상

준비한 자료를 한 장 한 장 넘길 때마다 아이들은 집이 어떤 재료로 지어졌고, 왜 이런 형태의 집을 지었는지에 대해 이야기를 나눕니다. 혁진이가 커다란 바위로 지은 집을 보고 말합니다.

"태풍이 불어도 날아갈 염려가 없을 것 같아요."

과학자를 꿈꾸는 성준이가 덧붙입니다.

"낮 동안 바위가 데워져서 밤에 난방을 하지 않아도 되는 집이에요."

서랍처럼 열 수 있는 집, 책처럼 넘길 수 있는 집, 접었다 펼칠 수 있는 집, 나이테 같은 것이 있어 나이를 알 수 있는 집 등 기상천외한 집들이 마구 생겨납니다. 아이들은 신발 모양, 바구니 모양, 딸기 모양, 나비 모양, 벌집 모양, 소라 모양의 집들을 구경하면서 집을 디자인하는 다양한 방법을 생각해 봅니다. 또 박물관, 오페라 하우스, 도서관, 공룡

연구소, 우주 관측소 등의 건축물을 보고 어떤 용도의 건물로 사용되는지 의견을 나누었습니다. 한편, 얼음축제에서 만들어진 얼음 건물, 얼음 침대, 얼음 이불, 얼음 베개를 보면서 건물과 물건 안에 보이지 않는 이야기까지 상상해 보았습니다.

마지막으로 동영상을 보여 주었습니다. 아버지와 아들이 이글루를 만드는 영상입니다. 아버지는 동물 뼈로 만든 톱으로 눈덩이를 자르고, 아들은 아버지를 도와 눈덩이를 운반합니다. 그런데 아들이 실수로 눈덩이를 떨어뜨려 깨뜨리고 맙니다. 이 장면에서 아이들은 웃음보가 터졌습니다. 아버지는 아들에게 이글루를 만드는 법을 가르쳐 줍니다. 아이들은 영상에서 눈을 떼지 않고 이글루가 완성되는 과정을 지켜보았습니다.

세상에 하나뿐인 나만의 집

이제 아이들이 직접 집을 지을 차례입니다. 아이들은 지금까지 이야기를 나누고 생각해 보았던 모든 것을 떠올리며 각자 집을 지었습니다. 이 집에는 누가 사나요? 어떤 용도로 지어졌나요? 주변에는 무엇이 있나요? 바닷속인가요? 숲 속인가요? 우주인가요? 그리고 어떤 모양으로 지을 건가요?

명규는 숲 속에 애벌레 모양의 집을 지었습니다. 여기에는 곤충학자가 산다고 합니다. 숲 속에 집이 있으니 곤충을 연구하는 데 아주 유용

정명규

최은희

하겠네요!

　은희는 바닷속에 집을 지었습니다. 집 안에서 아름다운 물고기들을 구경하기도 하고, 심심하면 분홍 고래랑 수영하며 논다고 합니다.

　구름 모양으로 지은 채린이 집 지붕에는 근사한 의자가 있습니다. 화

왼쪽부터 김채린, 변완희

시계 방향으로 사공재, 강균엽, 김세은, 김소민

가가 꿈인 채린이는 지붕 위 의자에 앉아 그림을 그립니다.

완희는 우유팩 집을 지었습니다. 우유만 판매하는 가게입니다. 이곳에서 완희는 오렌지맛 우유를 개발했습니다.

균엽이의 집도 신기합니다. 한쪽은 초가집 모양이고 한쪽은 기와집 모양입니다. 마치 집 두 채가 나란히 서 있는 것 같습니다. 그런데 안쪽은 하나로 연결된 집이라고 합니다. 더 신기한 것은 이 집이 바다 위에 떠 있는 커피숍이라는 점입니다. 균엽이는 제트스키를 타고 커피를 배달 중입니다.

세은이는 분홍빛이 가득한 사탕 가게를, 소민이는 버섯 집을 지었습니다. 수진이 집은 하늘에 대롱대롱 매달려 있고 정인이 집은 사과 집입니다.

재의 집에는 롤러코스터가 있습니다. 이용료는 백 원이지만 친구들은 무료로 태워 주겠다고 합니다.

민수는 오십 층짜리 이글루를, 지민이는 날아다니는 신발 집을 지었습니다. 신발 집에는 엔진도 붙어 있습니다. 야구 선수가 꿈인 재혁이 집은 야구공 모양입니다. 그런데 집 앞 정원에 서 있는 나무가 정말 특이합니다. 나무는 야구방망이, 나뭇잎은 야구 글러브 모양입니다. 세상에 단 하나뿐인 나무입니다.

아이들이 그린 집을 칠판에 붙였습니다.

"우리는 화가 르네 마그리트 그림을 보고 이야기를 나눈 적이 있어요. 선생님은 여기에 붙어 있는 여러분의 그림이 르네 마그리트 그림만큼 기발하고 멋지다고 생각해요. 르네 마그리트 그림을 보며 다양한 이야기를 만들었던 것처럼 친구들의 그림을 보면서 어떤 생각이 드는지 발표해 볼까요? 누구나 그림을 보면 알 수 있는 이야기가 아닌, 보이지 않는 이야기를 상상해 보세요."

희수는 상준이 집에 사는 사람이 행복한 사람들이라고 말합니다. 왜 그렇게 생각했는지 물으니 이렇게 대답합니다.

"상준이가 그린 신발 집이 웃고 있어요."

은희는 희수 집에 세 사람이 산다고 생각했습니다. 집 옆에 나무 세 그루가 서 있기 때문입니다. 준호는 정인이 집 침대와 식탁이 사과 모양일 것이라고 말합니다. 정인이 집 양옆에는 사과나무가 두 그루 서 있고, 창문도 사과 모양이기 때문입니다. 아이들은 친구들이 지은 집에서 새로운 이야기를 만들어 냅니다.

이번에는 각자가 그린 집을 자세히 들여다봅니다. 그리고 이야기를 씁니다. 지금 집 안에 몇 사람이 있는지, 그 사람은 무엇을 하고 있는지, 실내는 어떻게 꾸몄는지, 고양이가 있는지 없는지 등 그림에 없는 이야기를 써냅니다.

"선생님, 다 썼어요."

글을 쓰기 시작한 지 얼마 지나지 않아 꼭 이런 아이가 있습니다. 글을 다 쓴 아이는 '내가 만든 집'과 '친구가 만든 집'이 어떻게 다른지 더 써 보게 했습니다.

명규가 나와서 글을 발표했습니다.

집이 달라요

저의 집과 건우의 집이 다릅니다. 저는 자연 상태에서 곤충처럼 생긴 집을 지었는데 내 친구 건우는 로봇의 집을 생각해서 그렸습니다. 건우네 집은 로봇과 창의력이 높은 사람이 살고 저의 집은 곤충과 자연을 좋아하는 사람이 살고 있습니다. 그리고 건우네 집의 재료는 고철이고 저의 집은 고무 재질로 지어 다릅니다. 건우네 집은 높아 사다리를 타고 올라가야 하지만 저의 집은 낮아서 다릅니다. 건우네 집은 높아서 푸른 도시를 멀리 볼 수 있지만 저의 집은 낮아서 땅만 보여 다릅니다. 건우의 상상력과 나의 상상력이 다릅니다. 그리고 건우네 집은 발전된 미래의 도시에 위치한 집이고 저의 집은 자연환경에 위치한 집이라 다릅니다.

흑석초 4학년 정명규, 『난 하트가 되고 싶어』 중에서

"정말 훌륭한 글이에요. 왜냐하면, 명규의 글에는 우리가 지금까지 이야기를 나누었던 모든 내용이 들어 있기 때문이에요. 어떤 환경에 지었는지, 어떤 재료로 만들었는지, 또 누가 살고 어떻게 디자인되었는

지에 대한 설명이 명확히 드러나 있어요. 특히 "건우의 상상력과 나의 상상력이 다릅니다"라는 부분이 아주 인상적이에요.

문학 수업 첫 시간에 선생님이 '여러분의 머리에 있는 생각 주머니가 다 다르기 때문에 여러분 각자가 최고'라고 했던 말을 기억하나요? 오늘 여러분은 자기 생각을 그림으로 그리고 글로 표현했어요. 모두 다른 집을 지었고 다른 이야기를 썼어요. 선생님 눈에는 모두 특별해요. 여러분이 친구들의 작품을 보면서 최고를 뽑기보다는 '이 친구는 이런 점이 좋고 저 친구는 저런 점이 좋네' 하면서 각각의 작품이 지닌 좋은 점을 발견하길 바랍니다."

응용하기

1. 생각 넓히기

월드컵 경기가 열릴 때의 나라별 응원단 사진을 활용합니다. 대한민국 응원단은 '붉은 악마', 브라질은 '카나리아', 네덜란드는 '오렌지', 스페인은 '무적함대' 등 각기 다른 이름을 가지고 있습니다. 저마다 응원하는 모습도 색다릅니다. 좋은 사진 자료는 아이들의 감정이입을 돕고 활기찬 수업 분위기를 이끌어 줍니다. 세계의 작가, 세계의 전통 의상, 세계의 신발, 세계의 축제 등 다양한 자료를 활용할 수 있습니다. 이를 통해 아이들이 보다 넓은 세계관을 갖도록 돕습니다.

2. 달라서 소중한 것들

우리 주변에는 '달라서 소중한 것'이 아주 많습니다. 아이들은 가까운 친구나 가족의 다른 점을 찾아보고, 쓰면서 관계를 재발견합니다. 또 사소하게 지나치는 물건들의 다른 점을 비교하면서, 작은 물건일지라도 쓰임새가 다르고 없어서는 안 될 소중한 것임을 깨닫습니다.

(예 : 옷핀과 바늘은 어떻게 다를까요?)

친구들은 달라요

유진이는 안경을 썼지만 소현이는 쓰지 않았어요. 세진이는 머리를 땋았지만 희경이는 머리를 땋지 않았어요. 윤아는 귀걸이를 했지만 은채는 귀걸이를 하지 않았어요. 세빈이는 여자이지만 기완이은 남자예요. 승희는 달리기를 잘하지만 승혁이는 공부를 잘해요. 영대는 물병이 있지만 영섭이는 물병이 없어요. 주환이는 수학을 잘하지만 다빈이는 예쁘게 생겼어요. 의준이는 줄넘기를 잘하지만 민기는 공을 잘 받아요. 친구들은 저마다 특색이 있어요.

백암초 5학년 김정주

아이들에게 장소는 또 하나의 세계입니다. 각자의 세계를 점점 더 확장해 나가는 아이들에게 '소중한 장소'에 대한 글쓰기는 자기 가치의 중요성을 인식하게 해 줍니다.

남에게 의존하지 않고 스스로 선택하는 능력은 아이들이 앞으로 살아가는 데 매우 중요합니다. 선택의 기로에서 바람직하게 대처하는 훈련이 지속적으로 이루어져야 합니다. 수많은 장소 중에서 자신에게 가장 소중한 장소가 어디인지 생각하는 동안, 아이들은 주변을 돌아보고 자기를 들여다봅니다. 생활의 모든 것이 언어로 재생되는 순간입니다.

문학은 삶입니다.

이곳은 어디일까요?

"지금부터 '장소 알아맞히기' 스무고개를 할 거예요. 선생님이 하나의 장소를 생각하고 있어요. 이곳은 어디일까요? 첫 번째 고개입니다. 이곳은 많은 사람이 드나드는 곳이에요."

말이 떨어지자마자 놀이공원, 병원, 백화점, 야구장, 축구장 등 사람들이 드나드는 장소들이 우수수 쏟아져 나왔습니다. 하지만 제가 떠올린 장소는 아직 나오지 않았습니다.

"두 번째 고개입니다. 이곳은 여행과 음악을 좋아하는 선생님이 자주 가는 장소예요."

가방 가게, 옷 가게, 신발 가게, 레코드 가게, 서울역, 공항, 공연장 등 여러 장소가 나왔지만 역시 원하는 대답은 아니었습니다. 아이들은 고개 하나를 넘을 때마다 여러 가지 가게와 공공장소를 떠올렸습니다. 어느덧 열일곱 번째 고개에 이르렀습니다.

"선생님이 만약 이사를 간다면 집 근처에 이 장소가 꼭 있었으면 좋겠어요."

소민이가 손을 번쩍 들었습니다.

"선생님! 도서관이요."

"딩동댕."

지민이가 "나도 생각했는데" 하며 아쉬워합니다. 아이들이 탄성을 지르고 소민이는 우쭐해졌습니다. 성훈이에게 바통을 넘기고 즐거운 스무고개를 이어 갔습니다. 아이들은 스무고개를 하는 동안 장소와 장소에 얽힌 이야기들을 끄집어냈습니다. 아이들은 실제 경험한 장소를 제시하기도 하고, 이야기를 지어낸 장소를 꾸미기도 했습니다.

버리는 건 너무 어려워요

아이들에게 포스트잇을 여덟 장씩 나눠 주었습니다. 책상 위에는 포스트잇과 연필만 놓여 있습니다.

"집 근처에 꼭 있었으면 좋겠다고 생각하는 장소를 떠올려 보세요. 조금 전 스무고개에 나왔던 장소들도 좋고, 산과 바다도 좋아요."

아이들은 '어떤 장소가 있으면 좋을까' 곰곰이 생각하며 포스트잇을 하나하나 채워 나갑니다. 말놀이를 하고 난 다음이었기 때문에 여덟 개의 장소를 떠올리기란 어렵지 않습니다. 그런데 문제는 다음 단계입니다.

"장소 여덟 개를 잘 들여다보세요. 많은 장소들 중에서 여러분은 왜 그곳을 적었나요? 이번에는 장소 여덟 개 중에서 하나를 버릴 거예요."

아이들은 괴성을 지릅니다. 좋아하는 장소를 버리기가 어렵나 봅니다. 아이들이 겨우겨우 포스트잇 하나를 떼어 냈을 때 "또 하나를 버리세요"라고 말했습니다. 하나를 떼어 낼 때마다 남아 있는 장소에 대해 생각하게 하려 했는데, 아이들이 너무 소란해졌습니다. 친구들과 의논을 하느라 분주합니다. 결국 아이들은 또 장소 하나를 버렸습니다.

"선생님! 버리는 게 너무 어려워요. 다섯 개만 남겨 두면 안 될까요?"

준모의 눈빛이 간절했습니다.

"그래, 이렇게 멋진 장소를 버리는 게 정말 힘들겠다. 하지만 네 개만 남겨 보자. 어떤 곳이 준모에게 더 필요하고 좋을지 자세히 들여다보고 좀 더 생각해 보렴."

준모는 어렵게 포스트잇 한 장을 떼어 냈습니다. 이제 책상 위에는 네 개의 장소가 남았습니다.

"처음부터 네 곳만 적으면 되는데 선생님이 왜 여덟 곳을 적게 했을까요?"

민수가 말했습니다.

"선택한 장소를 버리는 게 쉬웠나요?"

아이들은 이구동성으로 외쳤습니다.

"여러분은 앞으로 많은 상황에서 꼭 선택해야만 하는 순간을 만나게 될 거예요. 그럴 때마다 지금처럼 신중하고 골똘하게 생각해야 해요. 여러분 앞에는 장소 네 개가 남아 있어요. 버려진 장소와 남아 있는 장소를 다시 한 번 살펴보세요. 장소 하나를 바꿀 수 있는 기회를 주겠습니다."

머리를 긁적이며 장소 하나를 바꾸는 아이가 있고, 남은 장소를 그대로 두는 아이가 있습니다.

"자, 이제부터 색도화지를 이용해 병풍 그림책을 만들 거예요. 장소 네 개를 그리고 그곳에 대한 글을 써 보세요. 이야기를 만들어도 좋고,

시를 써도 좋고, 노래 가사를 만들어도 좋아요. 그리고 왜 그 장소가 꼭
필요한지 기록해도 좋아요."

글쓰기와 발표하기

아이들은 각자 만든 작품을 발표했습니다. 재가 그림책을 들고 앞으
로 나왔습니다.

사공재

"제가 선택한 장소는 실험실, 우주 공항, 엄마 유치원, 어린이용 마트예요. 실험실이 옆에 있으면 어떤 실험을 하는지 유심히 들여다볼 수 있어요. 생명과학자가 꿈인 나에게 도움이 되는 장소예요. 두 번째 장소는 우주 공항이에요. 다른 행성에 외계인이 있나 없나 확인하고, 만약 있다면 이야기를 나누고 싶어요. 세 번째 장소는 엄마가 다니는 유치원이에요. 엄마가 힘들지 않게 유치원을 다니면 좋겠어요. 마지막 장소는 내가 상상하는 모든 것을 파는 어린이용 마트예요. 어른은 들어갈 수 없어요."

지민이는 놀이공원, 축구장, 연예인 집, 아이스크림 가게를 선택했습니다. 그리고 아이스크림에게 편지를 썼습니다.

"안녕! 난 인간이야. 난 너를 좋아해. 왜냐하면 너는 몸이 달콤하잖아. 그래서 난 너를 자주 먹어. 오늘도 너를 먹을게. 안녕! 잘 가!"

아이들이 낄낄낄 웃습니다.

차지민

성훈이의 그림책 제목은 '엉뚱 유쾌한 이야기'입니다. 이 책에는 도서관, 박물관, 산, 공원이 등장합니다. 성훈이의 도서관은 아이들이 뛰어놀고, 누워서 잠도 자고, 책 속에 숨어 숨바꼭질도 할 수 있는 곳입니다. 성훈이의 박물관에서는 공룡이 살아 움직입니다. 박물관에서 재미있게 놀면 공룡 이빨도 받을 수 있다고 합니다. 성훈이의 공원에는 많은 사람들이 앉아 있습니다. 알고 보니 머리를 자르는 곳이었습니다.

야구를 좋아하는 현빈이와 지민이에게 야구장이 빠질 리 없습니다. 현빈이는 아빠와 야구 연습을 하면서 야구 선수의 꿈을 이루겠다고 합니다. 지민이는 홈런볼을 받을 수 있고, 경기장에 들어온 하늘다람쥐도 잡을 수 있어서 야구장이 정말 좋다고 말합니다.

상준이는 우체국이 집과 가까이 있으면 좋겠다고 썼습니다. 가을이 되면 할아버지께 편지와 은행잎을 함께 부칠 거래요. 할아버지가 깜짝 놀라실 거라네요. 선민이는 병원을 선택했습니다. 할머니가 편찮으실 때 바로 응급처치를 할 수 있기 때문이래요.

마술 가루나 무지개를 살 수 있는 문구점, 하늘을 날아다니는 놀이공원, 열네 마리를 잡은 기록을 깨고 스무 마리를 잡을 수 있는 낚시터, 땅을 가르며 튀어나오는 친구 집, 날개 달린 교회, 음식이 붕붕 떠다니는 엄마 회사, 말하는 수영장……. 아이들이 만들어 낸 장소들은 저마다 특별한 이야기를 담고 있습니다.

1. 가장 좋아하는 장소 묘사하기

우리 집 베란다

우리 집 베란다에는 큰 창문 두 개가 있고 아빠가 가꾸는 식물들이 있다. 내가 베란다를 좋아하는 이유는 지나다니는 사람들과 건물이 한눈에 쏘옥 들어오고, 선선한 바람이 불고, 또 구름을 자주 볼 수 있기 때문이다. 사람들이 작게 보여서 내가 거인이 된 것 같다. 건물들이 소꿉놀이 장난감처럼 느껴져서 재밌다. 그리고 우스꽝스럽게 생긴 구름들에게 이름을 붙여 주거나 닮은 구름 찾기를 할 때 나는 재미에 푹 빠져서 시간 가는 줄 모른다. 나무들도 작게 보여서 비가 올 땐 내가 물 부려 주는 시늉을 해본다. 소나기가 내릴 때는 다른 곳에서 비가 오는 걸 안 오는 곳에서 볼 수 있어 신기하다. 바람을 맞이할 때면, 팔을 벌려 온몸으로 바람을 느낀다. 그 기분은 최고로 좋다. 새벽에 창문을 보면 해가 뜨는 걸 볼 수 있고, 저녁이 되면 해가 지는 것이 보인다. 특히, 나는 노을이 좋다. 베란다에서 나는 자유를 만끽한다. 이런 이유 때문에 우리 집 베란다는 내가 가장 좋아하는 장소다.

황성초 5학년 김민재

거실

사방리 자그마한 촌에 위치한 우리 집 출입문에 들어서면 바로 넓은 거실이 보인다. 탁 트인 공간을 보면 나도 마음이 뻥 뚫리는 느낌이 든다. 거실은 우리 집에서 내가 무엇을 하기에 가장 좋은 공간이다.

거실은 방과 화장실, 부엌과 작은 방을 이어 주는 복도이기도 하다. 콘센트도 많이 있어서 휴대폰을 충전하기도 하고 전자 기기를 관리하기도 한다. 거실은 가족이 모이는 집의 중심이다. 가족끼리 무언가 할 얘기가 있으면 거실에 모인다. 또 가족들이 드나들기 때문에 거실에만 가면 부엌에 가시는 할머니, 화장실에 가시는 할아버지와 엄마가 보인다.

거실에 들어설 때 가장 눈에 띄는 것은 거실 중간에 위치한 피아노다. 심심할 때마다 몇 곡씩 치다가 나중에는 악보를 보지 않고 치기도 한다. 그러다 보면 시간 가는 줄 모른다. 다음으로 눈에 띄는 것은 거실 왼쪽에 위치한 김치냉장고다. 내가 제일 좋아하는 반찬인 김장 김치가 들어 있어서 왠지 살짝 열어 보고 싶다. 그리고 또 눈에 띄는 것은 에어컨이다. 전기세가 많이 나와서 그렇긴 하지만 에어컨은 여름에 시원함을 채워 준다. 그리고 사진이 눈에 띈다. 나의 어릴 적 사진은 추억을 가져다줘서 거실과 닮은 느낌이 든다. 거실은 나에게 소중한 공간이다.

사방초 5학년 이지율

나의 방

내 방에는 나만의 소중한 이층 침대가 있다. 침대에 누우려고 하면 삐걱삐걱 소리가 난다. 정말로 조금이라도 움직이면 부서질 것 같다. 내가 숨을 멈추면 삐걱거리는 소리도 멈춘다. 조금 움직이면 또 삐걱삐걱 소리가 난다. 내가 더 커지면 어떻게 되지?

비록 내 방은 좁지만, 책상도 있고 커다란 책장도 있다. 책상은 색깔이 하얗다. 책상 위의 빨간 꽃병은 매일 봐도 눈에 띈다. 나는 이런 책상이 정말 마음에 든다. 천장에 닿을락 말락한 책장은 내가 좋아하는 갈색이다. 커다란 책장은 책과 상장으로 꽉 차 있다. 나는 책장에 있는 책들을 꼼꼼하게 다 읽는 것이 목표이다. 특히 역사책 시리즈를 다 읽게 되면 정말 뿌듯할 것 같다. 내 방에는 새하얀 책상, 침대, 옷장, 서랍이 있고 그중에 눈에 띄는 갈색 책장이 있다. 이 작은 방에도 이렇게 많은 가구들이 있는 게 참 신기하다. 나는 내 방이 정말 사랑스럽고 소중하다.

황성초 6학년 김다빈

2. **아이들이 소중히 여기는 물건을 활용해서 수업을 진행할 수도 있습니다.**

살아 숨 쉬는 마을은 이야기가 있는 마을이고, 문학이 있는 마을입니다. 문학은 평범하고 일상적인 모든 것에 새 옷을 입힙니다. 좀 더 재미있고 좀 더 기발한 것을 꿈꾸는 일, 그것이 바로 상상이고 문학입니다.

'마을 만들기'는 한 가지 상황을 두고 다각적인 생각을 하고, 더 멀리 더 넓게 봐야 한다는 것을 일깨우는 좋은 주제입니다.

돌멩이로 길 만들기

아이들에게 그림책 『록사벅슨』을 읽어 주었습니다. 그림책의 마지막

장을 넘길 때, 서현이가 '아' 하는 감탄사를 내뱉었습니다. 메리안과 록사벅슨에 모여든 아이들이 길을 만들고 집을 짓고 마을을 만들어 가는 모습이 마음에 와 닿은 모양입니다. 이야기의 여운을 느낄 수 있도록 약간의 시간을 주었습니다.

승우, 진서, 유빈이가 앞으로 나왔습니다. 돌을 가지고 길을 만들기로 했습니다. 승우가 칠판에 그린 돌멩이는 크고 진서와 유빈이가 그린 돌멩이는 작습니다. 자리에 앉아 있는 아이들은 열을 셉니다. 열을 세는 동안 돌멩이를 그릴 수 있습니다. 이 과정은 아이들의 집중력을 높여 줍니다. 그리고 정해진 수업 시간 동안 여러 명이 칠판 앞에 나와 활동에 참여할 수 있는 이점이 있습니다.

이번에는 현수, 채린, 정환이가 나왔습니다. 현수와 채린이는 앞서 나온 친구들처럼 각자의 길을 만들고 정환이는 승우가 만든 돌길을 이어 만듭니다. 마지막으로 주리와 진서가 나왔습니다. 주리와 진서는 따로 떨어져 있는 돌길을 잇기로 했습니다. 큰 돌은 큰 길이 되고 작은 돌은 작은 길이 되어 점점 마을의 길이 완성되어 갑니다. 두 개의 선만 있어도 길은 만들 수 있습니다. 하지만 작은 돌멩이 하나하나를 그리게 한 것은 아무렇게나 길을 내는 것이 아님을 말해 주고 싶었기 때문입니다.

"마을은 혼자서 만드는 게 아니에요. 여러분 한 사람 한 사람이 돌멩이를 쌓고 각각의 길이 어우러져 길을 만든 것처럼 함께 만들어 가는 곳이에요. 여기에 놓인 돌길을 보세요. 여러분의 집은 어디에 있으면 좋을까요? 또 마을에는 어떤 건물이 들어서면 좋을까요? 오늘은 마을을 상상하고 만들어 볼 거예요."

아이들이 각자의 마을을 만들기 전에 '니어소리 마을'과 '애시다운 숲' 이야기를 들려주었습니다.

니어소리 마을과 피터래빗 이야기

아이들에게 피터래빗이 당근을 먹는 모습을 보여 주며 물었습니다.

"여러분, 이 친구가 누군지 아나요?"

『피터래빗 이야기』의 등장인물들은 그림책 인기에 힘입어 색연필이나 공책 등 문구류 캐릭터로 판매되고 있습니다. 그래서 책을 읽지 않은 아이들도 피터래빗을 잘 알고 있습니다. 세계인에게 사랑받는 그림책『피터래빗 이야기』를 쓴 작가 베아트릭스 포터(Bea-trix Potter)를 소개하면서 그가 살았던 '니어소리 마을' 사진을 보여 주었습니다.

"베아트릭스 포터의 발자취를 찾아 '니어소리 마을'을 찾는 사람들은 깜짝 놀

니어소리 마을

란다고 해요. 왜냐하면, 그림책에서 봤던 장면이 눈앞에 생생하게 나타
나기 때문이래요. '니어소리 마을'은 백 년이 지난 지금까지도 옛 모습
을 고스란히 간직하고 있어요. 이 마을에 어떤 사연이 있는지 만나 볼
까요?"

아이들이 귀를 쫑긋 세우고 이야기를 듣습니다.

"베아트릭스 포터가 '니어소리 마을'의 작은 농가 힐 탑에 살고 있을
때였어요. 영국 정부가 호수 마을을 개발하려고 했어요. 이 사실을 알

『아름다운 영국의 시골길을 걷다』

기타노 사쿠코 글, 임윤정 옮김, 북노마드

일본의 영국 문화 전문가인 저자는 문학과 예술을 지렛대로 삼아 영국의 시골을 여행합니다. 그중 '니어소리 마을'은 『피터래빗 이야기』가 숨어 있는 마을이자, 작가 베아트릭스 포터의 철학이 깃든 마을입니다. 작가와 함께 영국의 시골길을 걷노라면 문학이 살아 숨 쉬는 마을의 생명력을 느낄 수 있습니다.

게 된 포터는 책을 팔아 얻은 인세로 땅을 사들이기 시작했고, 훗날 이 땅을 '내셔널 트러스트'에 기부했지요. '내셔널 트러스트'는 문화유산과 자연환경을 보존하기 위해 영국 국민들이 직접 만든 비영리단체예요. 영국인 스무 명 중 한 명은 이 단체의 회원이라고 합니다.

'내셔널 트러스트'는 1895년에 로버트 헌터 변호사, 옥타비아 힐 여성 사회운동가, 하드윅 론슬리 목사가 설립했어요. 베아트릭스 포터는 세 명의 설립자 중 한 사람인 하드윅 론슬리 목사와 친분이 있었고 그와 뜻을 같이했어요. 현재까지도 많은 영국인들이 시골의 아름다운 풍경을 보존하기 위해 자연보호에 앞장서고 있어요. '내셔널 트러스트'는 세계적인 단체가 되었고 우리나라에도 '한국 내셔널 트러스트'가 있답니다."

나주 도래 마을 옛집, 강화 매화마름 군락지, 동강 제장 마을 등 '한국 내셔널 트러스트'가 보호하고 있는 곳들을 자료 사진으로 보여 주었습니다. 그리고 다시 베아트릭스 포터 이야기를 이어갔습니다.

"'내셔널 트러스트'는 멸종 위기에 놓인 허드윅종 양을 기르며 옛 방식대로 목축하는 사람에게 땅과 집을 임대해 주고 있어요. 멸종 위기

동물을 보호하고 시골 경치를 지키는 것은 베아트릭스 포터의 뜻이자 '내셔널 트러스트'의 자연 보존 방법이라고 해요.

베아트릭스 포터는 오래 전에 세상을 떠난 분이에요. 하지만 평생 환경보호에 헌신한 그녀의 정신과 문학은 '니어소리 마을'에 여전히 살아 숨 쉬고 있어요. 여러분, '살아 숨 쉬는 마을'이란 어떤 걸까요? 그것은 바로 '이야기가 있는 마을'이에요."

애시다운 숲과 푸스틱 놀이

'이야기가 있는 마을이 살아 숨 쉬는 마을이다'라는 사실을 확인할 수 있는 예를 하나 더 들었습니다. 아이들이 좋아하는 애니메이션 영화 〈곰돌이 푸〉의 무대인 '애시다운 숲' 이야기입니다.

"곰돌이 푸가 나뭇잎이 뒹구는 숲길을 걷고 있을 때, 솔방울이 머리 위에 '뚝' 떨어졌어요. 푸는 솔방울을 손에 들고 '이것으로 뭘 할까?' 생각했어요. 골똘히 생각하며 걷던 푸는 나무뿌리에 걸려 넘어지는 바람에 솔방울을 놓쳐 버렸어요. 솔방울은 데굴데굴 굴러 강물에 빠졌어요. 푸는 떠내려가는 솔방울을 보며 '푸스틱 놀이'를 만들었어요. 다리에서 나뭇가지를 던져 먼저 떠내려가는 나뭇가지의 주인이 이기는 놀이예요."

푸와 크리스토퍼 로빈이 다리에서 '푸스틱 놀이'를 하는 애니메이션 영화 장면과 '애시다운 숲'에 실재하는 '푸 다리(Pooh Bridge)' 사진을 보여 주었습니다. 아이들이 신기해합니다.

"여러분이 보고 있는 '애시다운 숲'에는 어떤 특별함이 있을까요?"

푸가 친구들과 뛰놀던 숲을 보며 혜림이가 말했습니다.

"그냥 평범한 숲길 같아요."

"그래요. 혜림이 말처럼 지금 우리가 보고 있는 길은 평범해 보여요. 그런데 전 세계에서 수많은 사람들이 이 숲을 보려고 찾아온답니다. 왜일까요?"

소연이가 대답했습니다.

"푸를 만나기 위해서요."

"바로 그거예요. '애시다운 숲'에는 곰돌이 푸의 이야기가 있어요. 이

애시다운 숲과 실재하는 푸 다리

숲을 찾아온 사람들은 애니메이션 영화에서 봤던 장면의 실제 모습에 눈을 떼지 못한다고 합니다. '니어소리 마을'을 방문한 사람들처럼 말이에요. 피터래빗과 곰돌이 푸 이야기를 들으며 꿈을 키우고 자란 사람에게 이 마을과 숲은 아주 특별한 공간일 거예요."

평범했던 마을을 아주 특별한 마을로 바꾸어 주는 것이 이야기의 힘입니다. 아이들은 평범하게 보이는 곳에 이야기가 덧붙여지면서 가치가 훨씬 커지는 것을 실감했습니다. '니어소리 마을'과 '애시다운 숲'은 문학을 통해 특별한 곳이 되었고, 문학을 통해 찾아가고 싶은 곳이 되었습니다.

"지금부터 우리는 각자 마을을 만들 거예요. 여러분의 길은 흙길인가요, 아니면 돌길인가요? 넓고 사람들이 붐비는 길인가요, 아니면 좁고 한적한 길인가요? 여러분 집은 어떻게 생겼나요? 시골에 어울리나요, 아니면 도시에 어울리나요? 마지막으로 여러분이 만든 마을에는 어떤 이야기가 있나요?"

우리 마을 만들기

아이들은 집이 마을 어디에 위치하면 좋을지, 우체국이나 병원은 어디에 있으면 좋을지 궁리합니다. 이 마을에는 몇 명이 사는지, 옆집에는 누가 사는지도 결정합니다. 마을을 대표하는 축제를 기획하기도 합니다. 아이들에게 종이를 나눠 주었습니다. 아이들은 저마다 재미있는

마을을 만들기 시작했습니다. 준우는 놀이동산 마을을 만들었습니다.
서현이는 영화 마을을 만들고 동희는 음악 마을을 만들었습니다. 민기
와 수현이는 각각 네모 마을과 햄버거 마을을 만들고, 호종이는 빌딩
숲을 만들었습니다.

"마을을 만들 때 어떤 점을 생각해야 할까요?"

"공원과 나무가 많아야 해요."

"도로가 넓어야 해요."

"놀이동산이 가까이 있으면 좋겠어요."

아이들은 네 명씩 모둠을 이루어 네 개의 마을을 붙이는 작업을 했
습니다. 그리고 하나의 큰 마을이 완성되었습니다. 공항과 도서관이 두

개인 마을이 생겼고, 서로 어울리지 않는 마을도 있습니다.

"여러분 앞에 놓인 마을을 자세히 보세요. 어떤 점이 개선되어야 할까요? 마을과 마을을 어떻게 이을까요? 똑같은 장소가 가깝게 있을 경우에는 어떤 점이 좋고 어떤 점이 좋지 않을까요?"

아이들에게 잠시 상의할 시간을 주었습니다. 멋진 마을을 만들기 위한 열띤 토론이 벌어졌습니다. 똑같은 장소가 서로 경쟁하며 더 좋은 결과를 낳는다며 그대로 두기로 결정한 모둠이 있습니다. 반면에 똑같은 장소가 모여 있는 것은 효과적이지 않다며, 하나의 장소를 다른 것으로 변경하는 모둠도 있습니다. 아이들은 마을과 마을을 잇기 위해 새로운 길을 냅니다. 지수는 '록사벅슨'과 '웨슬리나라'에 가는 길을 만들고 입구에 팻말을 붙였습니다.

"각자 마을을 지을 때 다른 마을과 어떻게 이어 나갈지 생각한 친구 있나요?"

문학은 가르치는 것이 아니고 느끼는 것입니다. 문학

읽기보다 더 예민하게 느끼고 더 많이 생각하게 만드는 것이 문학 쓰기입니다. 세상은 나 혼자만 담을 쌓고 살아가는 곳이 아닙니다. 우리 마을만 성을 쌓고 살아가는 곳도 아닙니다. 더 넓게 '우리'를 생각할 때 더 큰 '내'가 될 수 있다는 것을 스스로 느끼고 생각하게 만드는 것이 문학입니다.

"여러분, 처음부터 의논해서 마을을 지었다면 무엇이 달라졌을까요? 지금처럼 힘들게 바꾸지 않아도 되었을까요? 지금보다 더 잘 계획된 마을이 만들어졌을까요? 이미 완성한 마을을 다시 바꾸는 건 쉬운 일이 아니에요. 그래서 마을을 만들 때는 하나하나 정성을 들이고 신중하게 생각해야 해요.

우리는 마을 만들기를 하면서 '한 가지 생각만 하는 게 아니라 다각적으로 생각해야 한다'는 것을 배웠어요. 서로 생각을 모으면 더욱 크고 멋진 생각이 탄생하는 것도 알 수 있었어요. 비록 시간이 오래 걸리고 힘들지라도, 더 멀리 보고 더 넓게 생각하는 여러분이 되었으면 좋겠습니다."

글쓰기와 발표하기

아이들은 리포터가 되어 각자 만든 마을을 소개하는 글을 썼습니다. 몇몇 아이들은 마을에 얽힌 이야기를 지었습니다.

나의 고향은 하성이야. 지금 난 하성에서 살지 않아. 그 이유를 들려 줄게. 하성은 '하늘을 나는 성'이야. 그곳엔 어떤 인간도 살지 않아. 신들 만 살고 있어. 원래는 신과 인간이 같이 살았어. 어느 날, 하늘을 날고 싶 었던 인간들이 신들의 동물인 하늘고래를 잡았어. 하늘고래의 힘으로 신과 함께 사는 마을을 차지하려고 했어. 신들은 노여움에 모든 인간을 쫓아 버렸어. 내가 지금 살고 있는 마을 사람들은 다시는 하성으로 돌아 갈 수 없다고들 하는데 하성에서 살았던 사람들 생각은 달라. 그들은 하 성으로 가는 법을 알고 있어.

이십오 년에 한 번씩, 한 시 이십오 분의 한밤중이 되면 보름달이 해 와 만나 초승달을 만든다고 해. 이때 우리 마을 외곽에 하성이 모습을 나타내는 거야. 그리고 하성에서 살았던 사람들의 후손을 데려간다고 해. 물론 그의 가족도 포함이야. 내가 살고 있는 마을은 꽃과 나무가 가 득하고 살기 좋은 곳이지만, 난 환한 달빛이 비치는 하성에 가고 싶어. 그래서 난 기다려. 이십오 년 뒤, 한 시 이십오 분이 되는 그날을……

부양초 6학년 최동희

응용하기

1. 모둠별 마을 만들기

아이들이 직접 구성원의 역할을 정하고 토론을 충분히 한 뒤에 공동의 마을 짓기를 시작하는 것이 좋습니다. 또한 '집 만들기' '장소 만들기' '마을 만들기'는 연계적인 수업이 가능합니다. '집 만들기'에서 지은 집을 '마을 만들기'에 가져올 수 있고, '장소 만들기'에서 버려야 했던 장소들을 '마을 만들기'에서 되살릴 수도 있습니다.

2. '웨슬리'처럼 문명 만들기

그림책 『웨슬리나라』를 읽고 각자 만들고 싶은 문명에 대해 글쓰기를 합니다.

『웨슬리나라』

폴 플레이쉬만 글, 케빈 호크스 그림, 백영미 옮김, 비룡소

웨슬리는 아이들에게 따돌림을 당하지만 늘 다른 생각, 재미난 생각으로 꽉 찬 아이입니다. 웨슬리의 기발한 상상은 새로운 음식, 새로운 운동 경기, 새로운 옷감을 만듭니다. 나아가 셈법, 놀이법, 글자까지 만들어 웨슬리 역사를 기록합니다. 아이들은 새롭고 진귀한 것들이 가득한 웨슬리나라처럼 자기만의 문명을 꿈꾸어 볼 수 있습니다.

제2장

운문 창작

아이들은 '손 유희'를 하며 시를 재미있게 읽었습니다.

시가 '운율'을 가지고 있다고 말하기 전에 아이들에게 음악을 들려주었습니다. 그리고 '시의 정서'를 설명하기 전에 저마다 시를 읽고 느낀 점을 표현하게 했습니다. 감정이 잘 드러난 시들을 읽은 후, 아이들은 시에 이입된 느낌을 자유롭게 발표했습니다.

그리고 시와 숨바꼭질 놀이를 시작했습니다. 아이들이 술래입니다.

"시야! 너 어딨니?"

손유희로 시 읽기

"오늘은 시를 쓸 거예요. 여러분 중에 시가 무엇인지 설명할 수 있는 친구 있나요?"

혁진이가 손을 들었습니다.

"짧은 글이에요."

"그래요. 시는 자기 생각을 짧은 글로 표현하는 거예요. 또 다르게 설명할 수 있는 친구?"

소연이가 자리에서 일어났습니다.

"반복하는 말이 들어 있어요."

"맞아요. 시에는 반복하는 말이 들어 있어요. 그러면 시를 읽으면서 시가 무엇인지 한 번 더 생각해 볼까요?"

색종이를 반으로 접어 개미 모양으로 오린 다음, 손가락에 끼울 수 있도록 만들었습니다.

"이게 뭘까요?"

예준이가 대답했습니다.

"개미요."

"맞아요. 개미예요. 선생님이 「개미」라는 시를 가지고 왔어요."

아이들이 색종이로 만든 개미를 손가락에 끼고 이 시를 읽으면 더욱 재미있게 낭송할 수 있습니다. 만약 색종이 개미를 만들 시간이 없다면 손동작을 활용해도 좋습니다.

개미

개미가 벽을 타고 올라간다

이사?

흙도 없는 천장으로 가면 뭘 하나.

유종선, 「개미」, 『해님과 함께 먹는 아이스크림』, 진원

"여러분, 손으로 새를 만들어 보세요. 어떻게 표현하면 좋을까요?"

몇몇 아이들은 엄지손가락을 엇갈리게 맞추어 끼고 새를 표현합니다. 또 몇몇은 두 팔을 흔들어 새의 날갯짓을 흉내 냅니다. 아이들은 손과 팔로 코끼리, 토끼, 개미를 만들었습니다. 긴 팔은 코끼리 코가 되고 손바닥은 토끼 귀가 되었습니다.

이번에는 오른쪽에 앉아 있는 아이들의 손가락이 개미 다리가 되고, 왼쪽에 앉아 있는 아이들의 등이 벽이 되기로 했습니다. 개미가 벽을 타고 올라가는 모양이 완성되었습니다.

"'이사'는 어떻게 표현하면 좋을까요? 또 '흙' '천장' '뭘 하나'는 어떻게 표현할까요?"

아이들은 각 단어를 어떤 동작으로 표현할지 의논합니다. '이사'는 손으로 세모를 만들기로 했습니다. 아이들 손이 집 지붕이 되었습니다.

"'흙'은 어떻게 할까요?"

우담이가 "흐르는 흙을 만들고 싶어요"라고 말하며 손을 파도처럼 흔듭니다. 이렇게 해서 물결치는 흙이 만들어졌습니다. 민지가 '천장'은 만세를 부르는 모양을 하자고 합니다.

"마지막으로 '뭘 하나'는 어떻게 할까요?"

장언이가 머리에 검지를 대고 골똘히 생각하는 모양을 만들었습니다.

아이들은 완성된 동작과 함께 시를 낭송했습니다. '개미' 역할을 하는 아이와 '벽' 역할을 하는 아이 모두 간지럼을 탑니다. 아이들은 간지러워하면서도 시를 또박또박 낭송합니다.

이번에는 역할을 바꾸어 보았습니다. 모든 아이들이 개미가 되어 교실 벽에 기대섰습니다. 아이들은 금방 시를 외워 암송을 합니다.

"여러분, 손 유희를 하며 시를 읽는 기분이 어때요?"

아이들은 신나게 대답했습니다.

"재미있어요."

"즐거웠어요."

"간지러웠어요."

"개미가 천장에서 뭘 할지 궁금했어요."

"이 시를 쓴 시인은 '개미가 벽을 타고 올라간다'는 짧은 글을 한 줄에 쓰지 않고, 왜 이렇게 행을 나누었을까요?"

세환이가 말했습니다.

"길게 쓰니까 개미가 줄을 지어 올라가는 것처럼 보여요."

미리가 덧붙입니다.

"글자 하나하나가 개미처럼 보여요."

"그래요. 글자가 이렇게 그림처럼 보일 수도 있어요."

어떻게 나열하느냐에 따라 글자가 그림이 되기도 합니다. 시「개미」

『해님과 함께 먹는 아이스크림』

유종선 글, 이명옥 그림, 진원

"32조각으로 이어진 축구공 / 축구 경기 한 번 본 적 없는 아이들이 만들었대요 / 화학물질 냄새가 가득한 방 안에서 아이들이 꿰매었대요" (시「축구공」중에서)

『해님과 함께 먹는 아이스크림』은 이 세상의 불쌍한 자들을 보고 가엾게 여기는 마음, 죽어 있는 벌레를 보고 슬퍼하는 마음, 몸이 불편한 사람을 보고 도와주고 싶은 마음, 부모의 마음을 기쁘게 해 주고 싶은 마음, 동무들과 친하게 지내고 싶은 마음, 자기 자랑을 하지 않고 남에게 겸손하게 대하는 마음 등 아름다운 동심이 담긴 동시집입니다.

비발디 바이올린 협주곡 〈사계(La Quatto Stagione)〉

〈사계〉는 안토니오 비발디(Antonio Vivaldi)의 '화성과 창의의 시도' Op.8에 포함된 12곡 중 처음 네 곡입니다. 봄, 여름, 가을, 겨울 풍경을 섬세하고 아름답게 묘사한 바이올린 협주곡을 감상하며 다양한 장면을 연상하고, 계절과 관련된 특별한 경험을 말해 보세요.

바흐 〈평균율 클라비어곡집 (Das Wohltemperierte Klavier)〉

〈평균율 클라비어곡집〉은 요한 세바스티안 바흐(Johann Sebastian Bach)가 가장 심혈을 기울인 명곡으로 전 48곡으로 이루어져 있습니다. 맑고 투명한 피아노 선율에서 기쁨, 슬픔, 놀람, 그리움, 웃음, 감동 등의 감정을 찾아보세요.

뮤지컬 〈우모자(Umoja)〉 OST

〈우모자〉는 남아프리카인의 열정적인 삶과 역사를 담은 뮤지컬입니다. 우모자(Umoja)는 스와힐리어로 '함께하는 정신'이라는 뜻이라고 해요. 심장박동 소리를 닮은 타악기 소리, 영혼이 담겨 있는 노래와 춤에 관객들은 기립박수를 보냅니다. 흑인음악을 느끼며 흑인들의 삶에 대해 생각해 보세요.

영화 〈라이온 킹(The Lion King)〉 OST

〈라이온 킹〉은 1994년 디즈니에서 제작한 장편 애니메이션입니다. 남아프리카 출신 작곡가 레보 엠(Lebo M)이 참여한 주제곡은 아프리카 초원이 연상되는 곡이 많습니다. 드넓은 광야와 아프리카 대륙을 공간적 배경으로 이야기를 써 보세요.

는 아이들에게 시적 상상의 폭을 넓혀 줍니다.

시의 리듬

시의 리듬, 즉 '운율'은 시의 중요한 요소입니다. 아이들에게 운율이 무엇인지 설명하기 전에 음악을 들려주었습니다. 아이들은 비발디의 〈사계〉, 바흐의 〈평균율 클라비어곡집〉, 뮤지컬 〈우모자〉와 애니메이션 영화 〈라이온 킹〉 주제곡 등 다양한 분위기의 음악을 감상했습니다. 그리고 음악을 듣고 느낀 감정을 말로 표현했습니다.

"웃음이 나요."

"슬퍼요."

"쓰나미가 몰려오는 것 같아 무서워요."

"숲이 생각나 즐거워요."

"졸려요."

음악에서 어떤 나라가 연상되는지, 어떤 악기 소리가 들리는지, 어떤 풍경이

떠오르는지에 대한 이야기를 충분히 나눈 다음 곡명을 가르쳐 주었습
니다. 아이들은 〈우모자〉가 아프리카 음악이라는 것까지 맞혔습니다.

"정말 대단해요. 음악만 듣고 나라 이름까지 맞혔네요. 그런데 선생
님은 왜 시 이야기를 하다가 음악을 들려주었을까요? 음악에 있는 것
이 시에도 있기 때문이에요. 뭘까요?"

혜수가 어렵지 않게 대답했습니다.

"리듬이요."

"그래, 바로 그거예요. 음악에 리듬이 있듯이 시에도 리듬이 있어요.
시의 리듬을 다른 말로 '운율'이라고 해요."

시의 정서

"여러분이 음악을 들으며 여러 가지 감정을 느낀 것처럼 시를 읽을
때도 감정이 생겨요. 유쾌하게 웃음이 터질 때도 있고, 슬픔에 빠지기
도 하고, 화가 날 때도 있어요. 이런 감정이 잘 드러난 시 몇 편을 함께
읽어 보겠습니다."

국수가 라면에게

너, 언제 미용실 가서 파마했니?

안도현, 「국수가 라면에게」, 『냠냠』, 비룡소

『냠냠』

안도현 글, 설은영 그림, 비룡소

말이 참 갓있습니다. 음식들이 하는 말에 웃음이 빵 터집니다. 시에서 좋은 냄새가 납니다. 그리고 눈이 즐겁습니다. 아이들은 자기가 좋아하는 음식의 모양, 냄새, 색깔 등을 다시 바라봅니다. 자기만의 유머와 재치를 발휘해 오감을 재미있게 표현합니다.

시를 읽자마자 아이들이 빵 터졌습니다. 어떠한 질문도 필요치 않은 반응입니다.

"단 한 줄로도 재미있는 시를 쓸 수 있어요. 시에서는 한 줄을 '행'이라 하고 한 줄 이상 붙여 쓴 덩어리를 '연'이라고 해요. 어렵지 않고 일상적인 말도 이렇게 멋진 시가 될 수 있어요. 여러분 중에 라면을 좋아하는 사람, 손들어 보세요?"

아이들 대부분이 손을 들었습니다.

"우리가 즐겨 먹는 라면 속에 시가 숨어 있었네요. 여러분, 연필에게 물어보세요. '시야! 너 어딨니?' 그리고 하얀 스케치북에게도 물어보세요. '시야! 너 어딨니?' 우리 주변에 있는 모든 것은 여러분이 이렇게 물어오기를 기다리고 있어요."

이번에는 분위기가 다른 시 한 편을 낭송해 주었습니다. 프랑스 시인 자크 프레베르의 「겨울 아이들을 위한 노래」입니다. 파이프를 입에 문 눈사람이 마을의 불빛을 보고 열심히 뛰어갑니다. 추위에 지친 눈사람은 문도 두드리지도 않고 집으로 들어갔습니다. 난로 앞에 선 순간 눈사람은 사라져 버렸습니다. 파이프와 모자만 덩그러니 남았습니다.

"이 시를 읽고 난 후 어떤 감정이 드나요?"

"동화 같아요."

"눈사람이 사라져서 슬퍼요."

"눈사람은 바보 같아요."

"눈사람은 난로 옆에 가면 녹아 버리는데 왜 집으로 들어갔을까요?"

승우가 대답합니다.

"혼자 서 있기가 외로워서요."

"여러분, 눈사람도 추위를 탈까요?"

눈사람도 사람이기 때문에 추위를 느낀다고 말하는 아이들이 있고, 눈사람은 차가운 눈으로 되어 있어 추위를 느끼지 않는다는 아이들도 있습니다. 어떤 아이들은 사라진 눈사람이 불쌍하다고 하고, 어떤 아이들은 남겨진 파이프와 낡은 모자가 더 불쌍하다고 말합니다.

또 다른 느낌의 시를 읽었습니다.

가로수

위로 뻗으면 안 돼!
―싹둑

옆으로 벌어져도 안 돼!
―싹둑

그럼 왜 심었어요!

플라타너스 가로수들

울며 울며 또 잎 피운다.

"시 속의 플라타너스는 어떤 마음일까요?"

아이들은 플라타너스의 마음이 되어 이야기합니다. 민지는 "억울해요"라고 말하고 장언이는 "슬퍼요"라고 말합니다. 우성이는 "화가 나요"라고 말하고 미리는 "대견해요"라고 말합니다. 아이들은 서로 다른 대답을 하면서도 눈치 보거나 망설이지 않습니다. 이제 아이들은 문학이 지닌 비밀스러운 매력을 알아 버린 거예요.

"시를 읽을 때 여러분 마음에 기쁘거나 슬픈 감정이 생겨났어요. 웃음이 나기도 하고 화가 나기도 했어요. 이처럼 시를 읽는 사람의 마음에 일어나는 감정을 '시의 정서'라고 해요. 지금부터 여러분의 감정을 나타내는 시를 써 보겠습니다. 기뻤던 순간을 떠올려 보세요. 또는 슬프거나 화났던 순간을 떠올려 보세요. 가로수처럼 억울할 때나 스스로 대견스러울 때가 있었나요? 그때 그 기분을 잘 살려서 시를 한번 써 보세요."

『똥 찾아가세요』

권오삼 글, 오정택 그림, 문학동네

시라는 드넓은 바닷속에서 시어들이 파릇파릇 살아 움직입니다. 시를 읽다 보면 노크 소리가 들립니다. 감정을 두드리는 소리입니다. 재미있는 말놀이, 의성어와 의태어, 리듬, 비유 등 언어가 춤을 춥니다.

글쓰기와 발표하기

형아와 토종가재 천연이

토종가재 천연이는 우리 형과 이야기를 한다.
더듬이를 움직이며 하고 싶은 말을 표현한다.
"멈춰!" 하면 멈추고, "뒤로 가!" 하면 뒤로 간다.
천연이는 형아하고만 친구다.
다른 사람 말은 듣지 않고 형의 말만 알아듣는다.
왜 내 말은 듣지 않고 형 말만 들을까?
그게 의문이다…….
내가 제일 잘해 줬는데…….

구지초 2학년 박성준

곰인형

곰인형이 슬프다.
방 한구석 외롭게 혼자 앉아
놀 친구가 없으니까.

곰인형이 슬프다.

친구랑 싸웠는데
화해를 하지 못했으니까.

곰인형이 슬프다.
엄마와 아빠가 싸우는데
이도 저도 못하니까.

곰인형은 슬픔과 걱정을 먹고 산다.
나는 곰인형을 꼭 안아 주었다.

언북초 6학년 문승희

응용하기

1. 사물을 의인화하여 감정 표현하기

아이들은 사물을 의인화하는 글쓰기를 하면서 글감이 아주 가까이에 있다는 것을 알게 됩니다. 민기는 주변에서 글감을 찾고, 글을 쓰고, 퇴고하는 과정을 거치면서 글 쓰는 재미를 처음으로 느꼈다고 말합니다.

"묘하고 감동적이었다. 내가 이런 이야기를 쓸 수 있을지 몰랐다. 정말 좋았다. 읽고 쓰고 다시 읽고 쓰는 동안 글이 점점 달라졌다. 읽을 때마다 정말 행복했다. 글 쓰는 게 이렇게 즐거운지 몰랐다."

책상과 스프 소녀

나는 책상이다.

내가 자란 곳에는 나무가 나 하나밖에 없었다. 내 옆에는 민들레가 있었다. 그리고 작은 집 한 채가 있었다. 그 집에는 얼굴이 긴 오이 아저씨, 검은 옷만 입는 배트 할아버지, 스프를 좋아하는 스프 소녀가 살았다. 스프 소녀는 매일같이 나를 찾아와 말을 걸었다. 나는 그 때 처음 알았다. 내가 사람 말을 알아들을 수 있다는 것을. 이것은 스프 소녀와 나만의 비밀이었다.

나는 외로웠다. 다른 곳에는 나무들이 많을까?

나는 책상이 되었다.

아이들이 책을 펴면 나는 책을 읽는다. 아이들이 과학책을 펼 때가 제일 좋다. 과학책에는 여러 가지 식물이 나온다. 나는 나가지 않고도 자주달개비, 강아지풀, 감자, 나와 같은 나무를 본다. 내가 자란 곳에서는 한 번도 본 적이 없던 식물들이다. 뿌리가 아주 작은 식물이 있다는 게 신기하다.

다른 책상들은 책도 못 읽고 사람 말도 알아듣지 못한다. 이건 나와 스프 소녀의 비밀이었다.

지금은 외롭지 않다. 다른 곳에서 온 책상들이 내 옆에 있고 아이들의 힘찬 목소리를 들을 수 있다. 하지만 가끔 스프 소녀가 말을 걸어 줄 때로 돌아가고 싶다.

교문초 5학년 권민기

의자의 행복

가구점에는 의자가 줄줄이 서 있다. 다른 의자들은 많이 팔렸는데 나만 안 팔린다. 난 장애인 휠체어이기 때문이다. 인기가 제일 좋은 흔들의자는 나를 거들떠보지도 않는다. 바퀴 의자, 소박한 의자, 고정 의자, 아이 의자 등 의자의 종류는 아주 많다. 그런데 왜 하필 난 휠체어로 태어났을까? 몇 시간 동안 가만히 앉아 있었다. 갑자기 손님이 들어와 화들짝 놀랐다. 손님은 흔들의자를 주문하고 나갔다. 아기와 함께 문을 밀고 들어온 엄마는 아이 의자를 주문하고 나갔다. 하루, 이틀, 사흘……. 내일이 지나면 나는 창고에 처박히는 신세가 될 것이다. 드디어 내일이 오늘이 되었다. 오늘 밤 여덟 시까지 팔리지 않으면 난 꼴이 말이 아닌 신세가 될 것이다. 정오가 되었다. 그때 한 신사가 다리를 절며 가구점에 들어왔다. 그는 한 번의 망설임도 없이 나를 주문하고 나갔다. 그러고 보니 세상에서 장애인을 태울 수 있는 의자는 나밖에 없었다. 나는 정말 행복했다.

손곡초 5학년 선경민

글자에서는 소리가 나지 않습니다. 모양이 보이는 것도 아닙니다. 우리는 소리와 모양을 대신해서 소리를 흉내 내는 말과 모양을 흉내 내는 말을 사용합니다.

소리와 모양을 흉내 내는 말은 생동감 넘치고 실감 나는 글쓰기를 가능하게 합니다. '퐁당퐁당' '말똥말똥' '사각사각'에서 양성모음 'ㅏ' 'ㅗ'는 어감이 밝고 경쾌합니다. '풍덩풍덩' '멀뚱멀뚱' '서걱서걱'에서 음성모음 'ㅓ' 'ㅜ'는 어감이 어둡고 무겁습니다. 아이들은 의성어와 의태어 말놀이를 통해 말의 맛을 느낍니다. 또 미묘한 어감 차이를 경험합니다.

언어는 의사 전달 수단인 동시에 사고의 수단입니다. 말놀이와 몸짓놀이를 통해 다각적인 생각을 이끌어 낼 수 있습니다.

의성어와 의태어를 읽어요

"오늘 수업 주제는 '의성어'와 '의태어'예요. 의성어와 의태어를 설명하기 전에, 다 함께 시를 낭송해 보겠습니다."

병태 양말

병태 발가락이
양말을 뚫고 쏘옥 나왔네
어, 추워
어, 추워
병태 엄지발가락이 꼼지락꼼지락 양말 속을 찾지만
병태 발가락 들어갈 곳이 없네
어, 추워
어, 추워
병태 양말
빵꾸 났네

김용택, 「병태 양말」, 『나비가 날아간다』, 미세기

"이 시에서 '쏘옥' '꼼지락꼼지락'을 빼고 읽으면 느낌이 어떨까요?"

"재미가 없어요."

"리듬감이 떨어져요."

"실감이 나지 않아요."

"그래요. 발가락이 양말을 뚫고 '쏘옥' 나온 모양과 발가락이 '꼼지락 꼼지락' 하는 모양을 빼고 읽으니까 시의 느낌이 잘 살아나지 않네요. '쏘옥' '꼼지락꼼지락'처럼 모양과 움직임을 흉내 내는 말을 '의태어'라 고 해요. 여러분이 말한 것처럼 이 시에는 의태어가 있기 때문에 구멍 난 양말이 더 재미있고 실감 나요. 시를 한 편 더 읽어 볼까요?"

개구리가 귀뚜라미를 쫓아요

폴짝폴짝 뛰어라
개구리야
폴짝폴짝 뛰어라
개구리야

귀뚤귀뚤 도망가라
귀뚜라미야
귀뚤귀뚤 도망가라
귀뚜라미야

폴짝 귀뚤 폴짝 귀뚤

귀뚤 폴짝 귀뚤 폴짝

어, 어, 귀뚜라미가 어디갔지?

김용택, 「개구리가 귀뚜라미를 쫓아요」, 『나비가 날아간다』, 미세기

"시를 읽은 느낌이 어때요?"

혜수가 말합니다.

"재미있어요."

어떻게 재미있는지 문장으로 표현해 보자는 말에 명규가 손을 들었습니다.

"개구리는 '폴짝폴짝' 뛰어가고 귀뚜라미는 '귀뚤귀뚤' 도망가는데, 나중에 '폴짝 귀뚤' '귀뚤 폴짝'만 읽을 때도 뛰어가는 개구리와 도망가는 귀뚜라미가 보이는 것 같아요."

"명규가 느낌을 멋지게 표현했네요. 여기서 의태어는 뭐죠?"

"'폴짝폴짝'이요."

"그러면 '귀뚤귀뚤'은 뭘까요?"

"'귀뚤귀뚤'은 귀뚜라미가 우는 소리예요."

보조교재

『나비가 날아간다』

김용택 글, 정순희 그림, 미세기

『나비가 날아간다』에 담긴 시들은 서정적이면서도 어린이들의 동적이고 장난스런 마음을 아주 잘 표현하고 있습니다. 위트 넘치는 표현에 저절로 웃음이 나고, 시어에 담겨 있는 따뜻한 정서에 마음도 따라 웃습니다.

“맞아요. ‘귀뚤귀뚤’처럼 소리를 흉내 내는 말을 ‘의성어’라고 해요.”

의성어와 의태어를 찾아요

아이들은 시를 읽으면서 의성어와 의태어를 배웠습니다. 이번에는 아이들에게 장구, 북, 징, 꽹과리, 바이올린, 피아노 등 전통악기와 서양 악기를 보여 주었습니다. 아이들은 악기에서 나는 소리를 말로 표현합니다. 장구는 ‘탕 탕뚝 탕탕뚝’ ‘꿍꿍딱 꿍딱 꿍’ ‘덩더쿵 덩더쿵’처럼 들리고, 징은 ‘칭~’ ‘징~’처럼 들린다고 합니다.

다음에는 사진을 보면서 소리와 모양을 이야기했습니다. 아이들은 그네 타는 사진, 강강술래 하는 사진, 밥에서 김이 나는 사진을 보고 이를 흉내 내는 말을 만들었습니다. ‘흔들흔들’ ‘빙글빙글’ ‘빙그르르’ ‘모락모락’ ‘삐걱삐걱’…….

“그런데, 그네에서 ‘삐걱삐걱’ 소리가 난다고요?”

혜리가 대답했습니다.

“할머니 댁에서 그네를 탄 적이 있어요. 그넷줄을 매단 나무에서 ‘삐걱삐걱’ 소리가 났어요.”

정우는 낡은 그네에서 ‘삐걱삐걱’ 소리가 난다고 하고, 준서는 싼 그네에서 ‘삐걱삐걱’ 소리가 난다고 합니다.

걷는 모양을 나타내는 의태어

"우리 주변에 의성어와 의태어가 이렇게 많네요. 걷는 모양을 나타내는 의태어는 무엇이 있을까요?"

은결이가 말했습니다.

"'뚜벅뚜벅'이요."

"여러분, 누가 '뚜벅뚜벅' 걷지요?"

성준이가 예를 들며 대답했습니다.

"구두를 신은 직장인이 '뚜벅뚜벅' 걸어요."

"또 걷는 모양을 나타내는 의태어는 무엇이 있을까요? 문장을 만들어서 말해 보세요."

아이들은 다양한 의태어를 생각해 냈습니다.

"해녀가 진흙 길을 '저벅저벅' 걸어요."

"지각한 학생이 '탁탁탁' 걸어요."

"아픈 사람이 '비실비실' 걸어요."

"아기는 '아장아장' 걷고 엄마는 잠자는 아기가 깰까 봐 '살금살금' 걸어요."

"벼슬 높은 양반이 '건들건들' 걸어요."

"호랑이가 '어슬렁어슬렁' 걸어요."

동물의 걸음걸이를 흉내 낸 예준이의 말에 이어 '뒤뚱뒤뚱' 걷는 오리, '엉금엉금' 기어가는 거북이, 다리를 다쳐 '절뚝절뚝' 걷는 원숭이가 등장했습니다.

의태어 말놀이

  이번에는 의태어를 활용해서 말놀이를 합니다. '쭈글쭈글'을 제시하자 아이들이 다양한 문장을 만들었습니다. 민기는 "우리 할머니 주름이 쭈글쭈글해요"라고 말하고, 은결이는 "목욕한 후 손이 쭈글쭈글해요"라고 말했습니다. 또 혜림이는 "식탁 위에 올려놓은 사과가 쭈글쭈글해졌어요"라고 말했습니다.

  아이들의 말놀이가 계속 이어졌습니다.

  "소나기가 내려 땅이 '질척질척'해요."

  "거북이가 '엉금엉금' 걸어요."

  "달팽이가 '느릿느릿' 움직여요."

  "잠에서 깨어난 아기가 '느릿느릿' 기어가요."

  "가마솥에서 김이 '모락모락' 나요."

  "겨울철 찐빵 가게에서 김이 '모락모락' 나요."

  "단풍잎이 '울긋불긋'해요."

의태어 몸짓놀이

  "선생님이 보여 주는 몸짓에 어울리는 의태어를 맞춰 보세요."

  제자리에서 팔짝 뛰어오르는 모습을 본 아이들은 어렵지 않게 모양을 말합니다. '깡충깡충' '껑충껑충' '팔짝팔짝' '폴짝폴짝' 등 하나의 몸짓에 다양한 의태어를 떠올립니다.

아이들이 몸으로 의태어를 표현할 차례입니다. 아이들은 각자 마음속으로 생각한 것을 선생님만 볼 수 있게 종이에 적은 다음, 친구들 앞에 나와 의태어를 몸으로 표현했습니다.

재혁이는 '비틀비틀' 선민이는 '살금살금' 걷습니다. 희수는 오징어 다리처럼 '흐물흐물' 거립니다. 서영이는 '보글보글' 라면을 끓이고 완희는 '찡긋찡긋' 윙크합니다. 재혁이는 '또박또박' 칠판에 글자를 쓰고 정인이는 '싱글벙글' 웃습니다.

"선생님이 제시하지 않은 의태어도 생각해 보세요."

민수가 앞으로 나왔습니다. 민수가 종이에 쓴 글은 '티격태격'입니다.

"이 모양은 혼자서 표현하기 힘들겠는데……."

민수가 현상이를 불러냈습니다. 현상이는 종이에 적힌 글을 보자마자 민수에게 달려들었습니다. 정말 실감나는 연기였습니다.

둘이서 할 수 있다는 점이 좋았는지 평소 손을 잘 들지 않던 준호가 손을 들었습니다. 하진이와 하고 싶다며 둘이 함께 나왔습니다. 축구를 좋아하는 준호는 교실 바닥에 누워 공이 되고 하진이는 축구 선수가 되었습니다. 하진이가 공이 된 준수를 차는 시늉을 했습니다. 창문 쪽에서 교실 출입문까지 멈추지 않고 '데굴데굴' 구르는 준수의 모습에 친구들이 '깔깔깔' 웃습니다. 옷이 더러워지더라도 아랑곳하지 않습니다. 아이들은 의태어로 신나게 놀았습니다.

의성어인 동시에 의태어

민수가 물었습니다.

"정말 좋은 질문이에요. '벌컥벌컥'은 의성어인 동시에 의태어예요. 많은 의성어가 '벌컥벌컥'처럼 의태어로도 쓰여요. 어떤 소리가 날 때는 보통 어떤 움직임이 함께 나타나기 때문이에요. 우리말에서 의성어보다 의태어가 더 발달한 이유도 여기에 있어요."

아이들이 이해하기 쉽도록 몇 가지 예를 들었습니다.

"여러분이 좋아하는 풍선이 터질 때 어떤 소리가 날까요?"

혁진이가 말했습니다.

"'뻥'이요."

"맞아요. 풍선이 터질 때 나는 '뻥'은 소리를 흉내 내는 말이에요. 그리고 조금 전에 읽었던 시 「병태 양말」에서는 구멍이 '뻥' 뚫려 있었어요. 이때 '뻥'은 모양을 흉내 내는 말이에요. 예를 하나 더 들어 볼까요? 명사수가 활을 쏘고 있어요. 화살이 날아갈 때는 어떤 소리가 날까요?"

경찬이가 말했습니다.

"'획'이요."

"경찬이 말처럼 화살이 '획' 소리를 내며 날아가요. 이때 '획'은 의성어예요. 동시에 '획'은 '화살이 획 날아가 과녁을 뚫었다'처럼 '갑자기 움직이거나 스치는 모양'을 나타내기도 해요. 이때 '획'은 의태어예요."

글쓰기와 발표하기

아이들은 재미있는 말놀이와 몸짓놀이를 통해 다양한 의성어와 의태어를 접했습니다. 그리고 의성어와 의태어를 활용해 시를 써 보았습니다.

의성어와 의태어를 이용해 시를 쓰는 아이들

말똥말똥

잠이 오지 않아

엄마 몰래 부엌으로 가

아이스크림을 먹었다.

냠냠 먹었다

쨍그랑!

접시가 깨졌다.

아이쿠 야단났네, 야단났어.

"어서 자야지!"

그 소리에 나는 깜짝 놀랐다.

토평초 2학년 윤성원

세상에는 여러 가지 머리 모양이 있어요

엄마 머리는 꼬불꼬불

아빠 머리는 삐죽삐죽

할머니 머리는 빠글빠글

내 머리는 뾰족뾰족

잔디 머리 내 머리
제일 좋아요.

동인초 1학년 박정우

수박

엄마와 아빠와
우리는
수박을 먹는다.

오빠는 마구마구
동생은 우물우물
나는 와구와구

수박 껍질이
방긋방긋 웃는다.

토평초 1학년 손상희

말하지 않을 거다

할머니가 오줌을
쏴쏴

싸신다.

할머니 표정이
환해졌다.
시원하신가 보다.

나는 다 보았는데
말하지 않을 거다.

토평초 2학년 나승주

1. '—근' '—글' '—렁' '—실' '—질' 등으로 끝나는 의태어 찾기 놀이

'—글'로 끝나는 의태어에는 무엇이 있는지 아이들이 직접 찾아보며 많은 의태어를 접하는 좋은 기회를 제공합니다. 모둠별 활동으로 유용합니다.

(예 : 몽글몽글, 와글와글, 빙글빙글, 보글보글, 쭈글쭈글, 지글지글)

입이랑 손이랑 놀아요

우리 몸은 아주 중요합니다. 아이들은 입, 손, 귀, 눈 등 몸의 일부를 따로따로 떼어 각 부분이 어떤 일을 하는지 생각해 보면서 자신을 존중하고 사랑하는 마음을 키웁니다. 또한 다른 사람을 존중하게 됩니다.

입을 움직이지 않고 시 낭송하기, 귓속말놀이, 스케치북에 손바닥을 찍어 그림 그리기, 손이 하는 일을 다양한 직업과 접목하기 등 여러 가지 활동을 통해 입과 손의 소중함을 이야기했습니다. 그리고 입과 손에게 편지를 썼습니다. 아이들이 큰 소리로 외칩니다.

"입아! 고마워. 손아! 고마워."

입을 움직이지 않고 시를 읽어요

윤석중 시인의 시 「잠자리」가 교실로 날아들었습니다. 서른다섯 명
의 아이들이 하나 되어 목청껏 잠자리를 불렀거든요.

잠자리 2

자리 자리 잠자리
소 잔등에 앉았네.
자리 자리 잠자리
내 어깨에도 앉아라.

자리 자리 잠자리
호박잎에 앉았네.
자리 자리 잠자리
내 모자에도 앉아라.

윤석중, 「잠자리 2」, 『날아라 새들아』(윤석중 동요 525곡집), 창비

또랑또랑한 목소리로 시 낭송을 한 아이들에게 물었습니다.
"입술을 움직이지 않고 시를 읽을 수 있는 친구 있나요?"
여러 명이 손을 듭니다. 이때 재미난 일이 벌어졌습니다. 주원이는
입술을 다문 상태에서 시를 읽고, 민지는 '아'의 입 모양으로 아라는 '이'

의 입 모양으로 시를 읽었습니다. 미리 일러 주지도 않았는데 먼저 발표한 친구의 입 모양과 다른 입 모양을 시도하는 아이들의 독창성이 무척 흥미로웠습니다.

"입술과 혀를 움직이지 않고 말을 하니 무슨 말인지 알아들을 수 없었어요."

우담이가 손을 번쩍 들었습니다. 우담이는 입술을 움직이지 않고도 알아들을 수 있게 말할 수 있다고 합니다. 친구들에게 시를 읽어 주는 우담이, 역시 이해할 수 없는 웅얼거림이었습니다. 하지만 아이들은 자신 있게 앞으로 나온 우담이의 용기에 박수를 쳤습니다.

『날아라 새들아』

윤석중 글, 창비

윤석중 선생님의 시는 동요로 불리는 것이 많습니다. 시의 리듬감을 느낄 수 있는 좋은 본보기입니다. 짧고 재미있고 경쾌합니다. 동요의 리듬에 맞게 각자의 시를 쓰고 노래를 불러 봅시다.

입이 하는 일

입의 소중함을 생각하면서 자연스럽게 입이 하는 일이 무엇인가에 대한 토론이 벌어졌습니다. 세령이가 가장 먼저 손을 들었습니다.

"입이 있어서 엄마에게 사랑한다는 말을 할 수 있어요."

개구쟁이 진영이가 말을 이었습니다.

"엄마에게 장난감을 사 달라는 말도 할 수 있어요."

기쁨이가 말했습니다.

지석이가 덧붙입니다.

"그래요. 우리는 입으로 말을 하고 음식도 맛볼 수 있어요. 입은 또 어떤 일을 할까요? 여러분, 웃는 표정을 한번 지어 보세요."

아이들이 '하하하' '호호호' '히히히' '낄낄낄' 웃습니다. 아이들은 연이어 찡그린 얼굴, 화난 얼굴, 슬픈 얼굴을 만들었습니다. 주영이는 친구들에게 슬픈 표정을 실감 나게 보여 주었고 장언이는 연기자처럼 화난 표정을 지었습니다. 놀란 표정을 지어 보자는 말에 우성이의 눈과 콧구멍이 커졌습니다. 아이들이 큰 소리로 웃었습니다.

"우리는 입 모양으로 기분을 알 수도 있어요."

입에 대해 신나게 이야기를 나눈 아이들은 자신의 입을 그려 보았습니다. 소연이는 '아, 에, 이, 오, 우'에 따라 달라지는 입 모양을 그렸습니다. 정우는 웃을 때, 놀랄 때, 슬플 때 감정을 표현하는 입 모양을 그렸습니다. 지훈이는 휘파람을 불고 하품하는 입 모양을, 민지는 '메롱' 하는 입 모양을 그렸습니다.

이번에는 '입'을 주제로 글쓰기를 했습니다. 양형이는 자기 입 모양과 친구의 입 모양이 무엇이 다른지 관찰한 내용을 썼습니다.

재석이는 입에게 넌지시 말을 건넵니다.

지석이는 발표할 때 다루지 않았던 말을 떠올리며 글을 썼습니다.

"입으로 숨을 쉴 수 있어요. 입으로 노래도 부를 수 있어요."

입으로 하는 말이 사라졌어요

예쁜 색종이 봉투에 '밀가루 떡볶이와 찹쌀 떡볶이가 뭉쳤어요' '안 촉촉한 초콜릿 칩이 안 촉촉한 나라로 돌아갔어요' '꿈속에서 도롱이는 멋진 요술꼬리를 찾아요'라는 문장이 담겨 있습니다.

네 팀으로 나뉜 아이들이 한 줄로 섰습니다. 아이들은 맨 앞줄에 선 친구가 봉투를 개봉하는 것을 지켜봅니다. 막중한 임무를 맡은 사람처럼 아주 진지한 모습입니다. 봉투에 담긴 문장이 아이들의 귀에서 귀로 전해졌습니다.

맨 뒷줄에 선 친구가 어떤 말을 들었는지 칠판에 적었습니다. '초콜릿 먹었어?' '안 촉촉한 초콜릿 칩이 촉촉한 나라로 돌아가겠소' '아처 나라로 들어가다' '떡볶이랑 밀가루랑 찹쌀가루 뭉쳤어요' '꿈속에서 요술꼬리를 찾았어요' 여기저기에서 키득키득 웃는 소리가 들립니다.

"맨 뒷사람이 쓴 글과 봉투에서 꺼낸 글이 똑같은지 한번 볼까요?"

아이들이 원래 봉투에 담겨 있던 문장을 큰 소리로 읽었습니다.

"어때요? 칠판에 적힌 글과 여러분이 읽은 글이 똑같나요?"

"아니요."

"아마 중간에 서 있던 친구들은 또 다른 문장을 기억하고 있을 거예

요. 여러분, 입으로 하는 말은 이렇게 한순간에 달라지거나 사라질 수
있어요. 그래서 우리는 글쓰기를 하는 거예요. 글로 쓴 것은 백 년이 지
나도 사라지지 않고, 누가 읽어도 달라지지 않아요."

아이들은 입술이나 혀를 움직이지 않고 말할 수 없음을 경험하면서
입과 말의 소중함을 느낍니다. 나아가 글의 중요성과 문학의 힘을 몸
으로 익혔습니다.

손바닥이 나뭇잎으로 변했어요

아이들은 손으로 무엇을 했는지 경험을 나누었습니다. 손이 하는 일
이 정말 많습니다.

"메기를 잡았어요. 미끌미끌했어요."

"손으로 신발을 신었어요."

"거북이를 만졌어요."

"모래를 만졌어요."

"친구와 악수를 했어요."

"풍선을 가지고 놀았어요."

"자전거를 탔어요."

"할머니 어깨를 주물러 드렸어요."

"글을 썼어요."

"채소를 썰었어요."

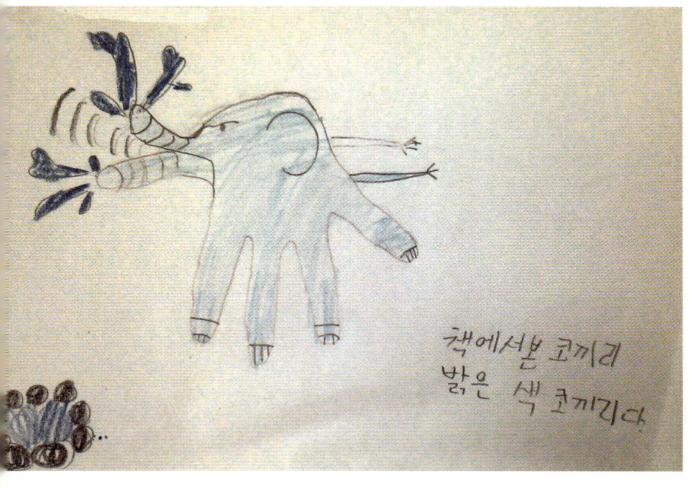

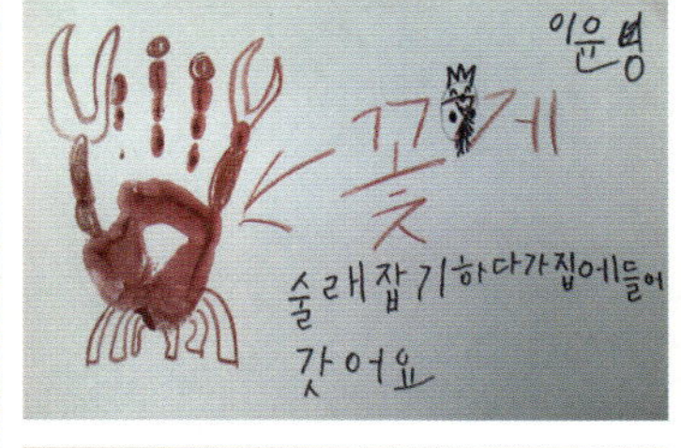

시계 방향으로 나승주, 이윤녕, 손상희

"버스 탈 때 교통카드를 찍었어요."
"아빠와 농구를 했어요."

아이들과 그림책『손바닥 동물원』을 읽었습니다. 그리고 오른손, 왼손을 스케치북에 그린 후 연상되는 그림을 그렸습니다. 승주 손은 코로 물을 뿜는 코끼리와 오렌지색 공작이 되었습니다. 윤녕이 손은 술래잡기하는 꽃게가 되고, 초원이 손은 어미 새로 변했습니다. 어미 새는 나뭇가지에 앉아 첫 비행을 시작한 아기 새를 지켜보고 있습니다. 상희 손은 비오는 날 나뭇잎을 타고 노는 달팽이가 되고, 정우 손은 날아다니는 자동차가 되었

『손바닥 동물원』
한태희 글·그림, 예림당
손바닥 안에 아이들이 좋아하는 동물들이 숨어 있습니다. 아이들은 책 속에 없는 동물까지 상상합니다. 손바닥을 어떻게 찍느냐에 따라, 손바닥이 찍힌 방향에 따라 아이들의 상상력이 무궁무진하게 뻗어 갑니다.

습니다. 또 민주 손은 디자이너 방이 되고, 은서 손은 두 마리 다람쥐가
되었습니다. 아이들은 손바닥에 다양한 이야기를 불어넣었습니다.

"포도가 손바닥 나뭇잎으로 변했어요. 나뭇잎은 바람에 의해 집으로
날아들었어요. 나뭇잎은 아이의 생일 선물이 되었어요."

부양초 2학년 장혁진, 『나는 도서관에서 놀아요』 중에서

"처음에는 손바닥에 무엇을 그려야 할지 생각나지 않았어요. 손을 종
이 위에 그려 놓고 이렇게 저렇게 돌리다 보니 여러 가지 생각이 났어
요. 연필로 손을 따라 그렸을 때 너무 간지러웠어요. 손바닥 그림책을
꾸미는 게 재미있었어요."

토평초 1학년 손상희, 『나는 도서관에서 놀아요』 중에서

시계 방향으로 이민주, 장은서, 강다현

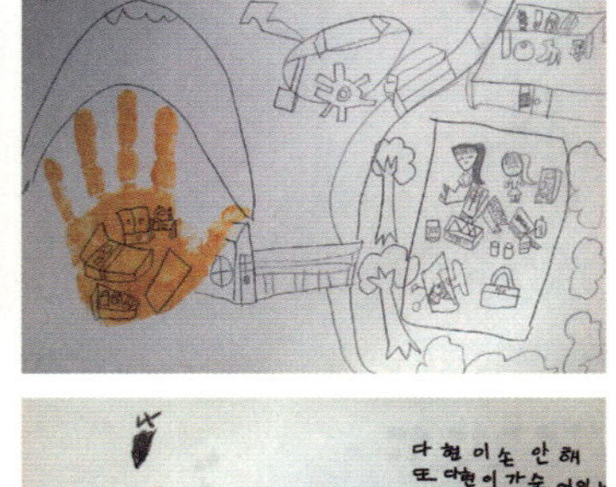

고래를 만드는 손이에요

  손이 하는 일이 무엇인지 더 이야기를 나누기 위해 손과 직업을 연관시켰습니다. 신발을 만드는 손, 천을 염색하는 손, 벽에 그림을 그리는 손, 바이올린을 연주하는 손, 그물로 멸치를 잡는 손, 씨를 뿌리는 손, 책장을 넘기는 손, 초콜릿을 만드는 손 등 작업 공정 사진을 보여 주었습니다. 그리고 무엇을 하는 손인지 수수께끼를 냈습니다.

  가죽을 자르고 있는 손 사진을 보여 주었습니다.
  "이 손은 지금 무엇을 하고 있을까요?"
  혜림이가 먼저 대답했습니다.
  "천을 자르고 있어요."
  지수는 "종이를 자르고 있다"라고, 정환이는 "가죽을 자르고 있다"라고 말합니다.
  "이 손은 왜 천을 자르고 종이를 자르고 가죽을 자르고 있는 걸까요? 무엇을 만들려고 하는 걸까요?"
  아이들은 확대된 사진을 보며 손이 무엇을 하고 있는지를 생각합니다. 그리고 어떤 것이 만들어질지 상상해 봅니다.

ⓒ한국성수동수제화협동조합

다음 사진은 조각조각 잘린 가죽을 제봉하는 손입니다. 아이들은 아직까지 천인지 가죽인지 분간할 수 없는 듯합니다. 하지만 손이 재봉질을 하고 있다는 것은 쉽게 알아차렸습니다. 그런데 무엇을 만들고 있는 걸까요? 다현이가 말했습니다.

"천으로 된 가방을 만드는 것 같아요."

"이 손이 정말 가방을 만들고 있는지 알아볼까요?"

다음 사진은 밑창과 가죽을 깁는 손입니다. 그제야 아이들이 소리칩니다.

"신발을 만들고 있는 손이에요."

"정말 그럴까요?"

잠깐 뜸을 들인 다음, 완성된 신발 사진을 쓰

130

욱 보여 주었습니다. 사진을 보고 무엇을 하는 손인지 이야기를 나누는 동안 아이들은 생각과 언어를 확장해 나갑니다. 다양한 가능성을 둔 상태에서 질문하고 대답하기 때문에 사고의 폭이 아주 넓어집니다.

이번에는 바이올린을 제작하는 손 사진을 보여 주었습니다. 정교하게 나무를 깎는 과정을 지켜본 아이들이 자기 생각을 거침없이 말합니다.

"고래를 만드는 손이에요."

"친구에게 선물하기 위해 책상을 만들고 있어요."

"아빠가 아기 침대를 만들고 있어요."

아이들은 먼저 한 자기 생각이 틀렸다고 기죽지 않습니다. 생각은 바뀌는 거니까요. 아이들은 장면이 바뀔 때마다 생각을 바꾸며 여러 가지 이야기를 덧붙입니다. 아이들의 생각은 이렇게 무한히 뻗어 나갔습니다.

"손은 또 어떤 일을 하나요?"

말이 끝나기도 전에 아이들의 발표가 쏟아졌습니다.

"자동차를 운전해요."

"소방관이 불을 끌 때 손을 사용해요."

"옷을 만들어요."

"실험해서 새로운 세포를 발견해요."

아이들의 생각은 꼬리에 꼬리를 물었습니다. 그리고 친구들의 발표

를 경청하며 손을 들고 있던 해람이가 재치 있는 한마디로 교실을 평
정했습니다.

"손드는 거요."

저는 두 손을 높이 들고 엄지손가락을 치켜세웠습니다.

"그렇지."

손바닥 그림을 그리고 직업과 연관 지어 손이 하는 일을 생각한 아
이들은 '고마운 손에게' 편지를 썼습니다. 다 쓴 아이들은 '손이 우리에
게 하고 싶은 말'을 적었습니다.

"우리가 손에게 편지를 쓰고 손이 우리에게 편지를 썼네요."

해람이가 선생님의 말에 이의를 제기합니다.

"우리가 둘 다 썼는데요?"

아이의 솔직함에 웃음이 터졌습니다.

손에게

손아, 너는 나의 몸 어느 부분보다 하는 일이 많구나! 너는 힘들겠지
만 나는 너를 거칠게 쓴단다. 미안하구나. 손아, 우리 몸에서 네가 제일
중요해. 네가 없으면 장난감 조립, 색종이 접기, 글쓰기, 그리기 등을 할
수 없잖아. 너는 하는 일이 정말 많아. 나는 네가 가장 쓸 곳이 많다고 생
각해. 나는 네가 제일 소중해!

2012년 4월 14일 혁진이가

혁진이에게

혁진아! 너는 나를 너무 거칠게 써. 그래서 내가 항상 아파. 특히 종이

에 자주 베여. 그러니 나를 조심히 써 주면 좋겠어. 꼭 부탁할게.

2012년 4월 14일 손이

부양초 2학년 장혁진

손아! 너는 참 고마운 존재구나. 요리도 하고, 신발도 만들고. 너는 할 수 있는 일이 많구나. 나는 네가 없으면 아무것도 못 해. 나는 네가 있어 좋아. 앞으로도 많이 도와줘. 알았지? 그리고 네가 없으면 밥을 먹지 못 해서 굶어 죽을지도 몰라. 너는 참 고마운 존재야.

2012년 4월 14일 승주가

승주야, 편지 고마워. 나도 네가 없으면 움직일 수 없어. 나에게도 네 가 고마운 존재야. 앞으로 친하게 지내자.

2012년 4월 14일 너의 손이

토평초 2학년 나승주

손아, 고마워. 네 덕분에 아주 편하게 살 수 있었어. 공부도 할 수 있었 고, 글도 쓸 수 있었고, 만들기도 할 수 있었어. 그 밖에도 농구하기, 음 식 먹기, 악기 연주하기도 할 수 있었지. 너는 나한테 꼭 필요해. 앞으로 도 잘 부탁해.

2012년 4월 14일 토요일 경찬이가

경찬아! 나를 잘 씻어 줘서 고마워. 그리고 나를 잘 다루어 줘서 고마워. 너는 나에게 잘 대해 줘. 나도 더 노력해서 너를 도울게.

2012년 4월 14일 토요일 손이

내양초 2학년 여경찬

손으로 촉감을 느껴요

한 명씩 앞으로 나와서 촉감을 느낍니다

"지금부터 한 사람씩 앞으로 나와서 안대를 쓰고 주머니 속에 들어 있는 물건을 만질 거예요. 그리고 친구들에게 물건을 만졌을 때의 느낌을 말로 표현하는 거예요. 소리를 흉내 내는 말이나 모양을 흉내 내는 말로 표현해도 좋아요. 자리에 앉아 있는 친구들은 앞에 나온 친구의 설명을 듣고, 주머니 속에 뭐가 들어 있는지 맞추는 촉감놀이입니다."

민후가 먼저 안대를 썼습니다. 주머니 속에 손을 넣은 민후가 "뾰족

134

뾰족해요"라고 말했습니다.

"여러분, 뾰족뾰족한 물건은 뭐가 있을까요?"

지민가 말했습니다.

"밤송이요."

유빈이는 '고슴도치'를 떠올리고 은서는 '가시'를 생각했습니다. 민후가 다시 한 번 주머니에 손을 넣고 말합니다.

"길쭉길쭉해요."

"길쭉길쭉하고 뾰족뾰족한 물건은 뭐가 있을까요?"

주리가 말했습니다.

"연필이요."

"그래요. 연필은 길어요. 그리고 흑심이 있는 부분은 뾰족해요. 또 뭐가 있을까?"

서윤이가 말했습니다.

"자의 모서리도 뾰족뾰족해요. 길쭉길쭉하기도 하고요."

민후는 벌써 무엇인지 알아차렸나 봅니다. 눈을 가리고 있던 민후가 살짝 웃고 있습니다.

"친구들의 대답 중에 민후가 만진 물건이 있을까요?"

주머니 속에는 연필이 들어 있었습니다. 이번에는 정답을 맞힌 주리

눈을 가리고 물건을 만져 봅니다

가 앞으로 나왔습니다. 주리가 준 첫 번째 힌트는 "까칠까칠해요"입
니다.

"까칠까칠한 물건은 뭐가 있을까요?"

"아빠 수염이요."

"돌멩이요."

"머리를 짧게 자르면 까칠까칠해요."

"칫솔이 까칠까칠해요."

"도마뱀이요."

"나무껍질이 까칠까칠해요."

아이들은 손으로 만져 보았던 까칠까칠한 것들을 찾아냅니다.

"주머니 속에는 뭐가 들어 있을까요? 돌멩이일까요? 도마뱀일까요?
아니면 나무껍질일까요? 두 번째 힌트를 들어 보겠습니다."

주리는 고개를 갸웃거립니다.

"잡아당기니까 늘어나요."

"더 어려워진 것 같은데요. 까칠까칠하고 당기면 늘어나는 것은 무엇
일까요?"

물건을 만지고 있는 주리는 눈치를 챘습니다. 아이들은 여전히 모르
겠다는 표정을 짓습니다. 이것저것 까칠까칠한 물건을 계속 말하던 예
진이가 소리쳤습니다.

"수세미요."

예진이가 결국 주머니 속의 물건을 맞혔습니다. 아이들은 하나의 언
어로 묶이는 것들이 다른 제시 언어로 분류되는 과정을 경험했습니다.

끈적끈적한 테이프, 말랑말랑한 찰흙, 딱딱하고 동글동글한 구슬, 보송보송한 천, 꼬불꼬불한 라면 등 주머니 속에서 여러 가지 물건이 나왔습니다. 아이들은 물건을 보지 않고, 손으로 느끼는 촉감을 말로 표현했습니다. 그리고 친구가 설명하는 물건을 알아맞혔습니다.

응용하기

1. 모양을 흉내 내는 말을 그림으로 표현하기

'보송보송하다' '말랑말랑하다' '까칠까칠하다' 등 모양을 흉내 내는 의태어를 듣고 그림으로 표현합니다. 그리고 촉감에 대한 경험을 살려 글쓰기를 할 수 있습니다.

〈도마뱀을 만졌을 때 까칠까칠했어요〉

〈강아지풀을 만졌을 때 보들보들했어요〉

구지초 2학년 박성준

찹쌀떡

말랑말랑 쭉

늘어나는 찹쌀떡

먹으면 입안에 달라붙어요.

쫀득쫀득

엄마와 단둘이 먹는 찹쌀떡

엄마와 나도

찹쌀떡처럼 달라붙어요.

부양초 5학년 이서현

문학 수업을 위해 교실 문을 들어서는 아이들은 저마다 새로운 생각을 하나씩 가지고 옵니다. 오는 길에 어떤 것을 보고, 어떤 소리를 듣고, 어떤 느낌을 가졌는지에 대해 이야기를 나누는 시간이 있기 때문입니다. 아이들은 똑같은 길을 걷더라도 다른 소리를 듣고, 다른 것을 느끼는 게 문학의 시작이라는 것을 알았습니다. 아이들은 자신의 일상이 문학을 만났을 때 더 재미있어 진다는 것을 느끼기 시작했습니다.

문학은 아이들의 일상을 비추는 거울입니다. 아이들은 문학이라는 멋진 거울을 만나고 그 속에 비친 자신을 발견합니다.

비눗방울 안에서 본 세상

오늘은 야외에서 문학 수업을 하는 날입니다. 야외에서 어떤 활동을 하면 좋을지 고민하다가 '비눗방울 놀이'를 생각했습니다. 비눗방울을 통해 바라보는 세상은 어떻게 다른지, 비눗방울에서 무엇을 보았는지, 비눗방울을 타고 어디를 가고 싶은지 이야기하는 놀이입니다.

아이들은 각자 채를 들고 비눗방울을 만듭니다. 비눗방울이 아이들 키보다 더 높이 올라갔습니다. 지민이와 정우가 비눗방울을 잡으려고 뛰어오릅니다. 채린이는 땅에 떨어지는 비눗방울을 잡으려고 몸을 숙입니다.

은결이는 지훈이가 '후' 하고 불 때를 기다렸다가 비눗방울을 향해 손을 뻗었습니다. 아이들이 건드릴 때마다 비눗방울이 '톡' 터집니다. 비눗방울이 하늘로 사라져 버리면 아이들은 다시 비눗방울을 만듭니

다. 공원에 있던 다른 아이들이 비눗방울을 보고 모여들었습니다. 아이들은 자기가 가지고 놀던 채를 빌려 주며 함께 놉니다.

아이들은 대형 비눗방울 속에 들어갔습니다. 행여 비눗방울이 몸에 닿을까 몸을 최대한 움츠립니다. 바람이 불어 비눗방울은 금방 터졌습니다. 두 번째 대형 비눗방울 속에 들어갔을 때, 민후는 토끼 흉내를 내고 하연이는 배트맨을 흉내 냅니다. 다현이는 손으로 하트를 만들고 경찬이는 눈을 커다랗게 뜹니다.

비눗방울과 풍선은 어떤 점이 같을까

공원에서 한바탕 비눗방울 놀이를 한 아이들이 교실로 돌아왔습니다.

"여러분, 비눗방울에서 무엇을 보았나요?"

질문이 떨어지기 무섭게 아이들이 한마디씩 합니다.

"파도가 넘실거려요."

"기차가 지나가요."

"사과와 애벌레가 보여요."

"무지개가 떠 있어요."

"공기와 물이 보여요."

"선생님과 마술사 아저씨가 있어요."

"겨울이 보여요."

"비눗방울에서 비가 내려요."

수빈이는 "비눗방울 놀이가 풍선처럼 재밌다"라고 말합니다.

"풍선처럼 재밌는 것은 어떤 감정일까요?"

윤녕이가 말했습니다.

"풍선이 '뻥' 터질 때처럼 깜짝 놀라지만 까르르 웃음이 나요."

초원이가 덧붙입니다.

"풍선처럼 하늘을 둥둥 떠다니는 것 같아요."

풍선은 비눗방울과 함께 다양한 이야기로 뻗어 나갈 수 있는 좋은 소재입니다.

"여러분, 풍선과 비눗방울은 어떤 점이 같을까요?"

해람이가 먼저 말을 했습니다.

"둘 다 사람이 만들어요."

"정말이네요. 비눗방울도 풍선도 사람이 만들어요. 또 어떤 점이 같나요?"

"동글동글한 모양이 같아요."

"잘 날아가요."

"가지고 놀 때 재밌어요."

"둘 다 불 수 있어요."

언제나 과학적으로 생각하는 성준이는 "안에 공기가 들어 있어요"라고 말합니다. 아이들은 많은 생각을 끄집어냈습니다. 언어가 멋지게 확장되는 순간이었습니다. 신나게 생각을 넓혀 나가는 아이들을 보며 이대로 멈추는 게 아쉬웠습니다. 그래서 또 물었습니다.

"비눗방울과 거울도 같은 점이 있을까요?"

아이들은 앞다투어 손을 듭니다.

"비춰요."

"투명해요."

"사물이 보여요."

"반짝거려요."

"빛이 나요."

"무지개가 보여요."

비눗방울을 타고 떠나요

아이들에게 그림책 『비눗방울 동생을 구해 주세요』를 읽어 주었습니다.

"그림책에서 마벨의 동생은 동그라미 비눗방울을 타고 하늘을 날아

『비눗방울 동생을 구해 주세요』

마거릿 마이 글, 폴리 던바 그림, 해밀뜰 옮김, 책단배

비눗방울이 마벨의 동생을 태우고 하늘로 날아갑니다. 동생을 태운 비눗방울이 터질까 봐 엄마와 동네 사람들은 조바심을 냅니다. 그런데 동생은 웃고 있습니다. 비눗방울을 타고 있는 동생이 이 이야기를 쓴다면 이야기는 어떻게 달라질까요?

다녔어요. 여러분은 어떤 모양의 비눗방울을 타고 어디로 가고 싶나요? 그리고 무엇을 보고 싶나요? 누구와 함께 비눗방울을 타고 싶은지도 생각해 보세요."

아이들은 각기 다른 모양의 비눗방울을 만듭니다. 정희는 학교에 갈 때 별 모양 비눗방울을 타고 싶대요. 지민이는 애벌레 모양 비눗방울을 타고 '피노키오나라'로 여행을 떠날 거래요. 민주는 하트 모양 비눗방울을 타고 '요정나라'에 가고, 초원이는 나비 모양 비눗방울을 타고 숲 속을 날고, 경찬이는 고래 모양 비눗방울을 만들어 바닷속을 누빌 거래요.

자동차로 세계 여행을 하고 싶은 정우는 당연히 자동차 모양 비눗방울을 만들고, 우주에 가서 닐 암스트롱처럼 발자국을 남기고 싶은 해람이는 로켓 모양 비눗방울을 만들었습니다. 역사를 좋아하는 예준이는 공룡 모양 비눗방울을, 자전거를 잘 타는 채은이는 자전거 모양 비눗방울을 만들었습니다. 아이들의 말은 그대로 노래가 되었습니다.

비눗방울 타고

나비 모양 비눗방울 타고 숲 속을 날고 싶어요.

고래 모양 비눗방울 타고 바닷속에 가고 싶어요.

별 모양 비눗방울 타고 지붕 위로 날아갈래요.

동그라미 비눗방울 타고 구름 위로 날아갈래요.

비행기 비눗방울 타고 다른 나라 가고 싶어요.

하트 모양 비눗방울 타고 요정나라 가고 싶어요.

별 모양 비눗방울 타고 꿈나라에 가고 싶어요.

동그라미 비눗방울 타고 달나라에 가고 싶어요.

음악정보

이동원 작곡, 〈비눗방울 타고〉

아이들은 대형 비눗방울 놀이를 통해 체험 학습을 했습니다. 그리고 '비눗방울을 타고 어디로 가고 싶은지'를 주제로 이어 쓰기를 했습니다. 아이들이 완성한 글에 이동원 작곡가님의 곡이 붙여졌고, 이동원 작곡가님이 직접 문학 수업에 참여해 아이들과 함께 노래를 불렀습니다.

자동차 비눗방울 타고 세계 여행 가고 싶어요.
로켓 모양 비눗방울 타고 우주 여행 가고 싶어요.

토평도서관 어린이 작가

글쓰기와 발표하기

공원에서 비눗방울 놀이를 하며 뛰어놀고, 신나게 비눗방울 말놀이를 한 아이들이 시를 씁니다.

신기한 비눗방울

나는 성준이 형이랑 비눗방울을 불어요.
비눗방울에 마술사가 들어갔어요.

갑자기 비눗방울에서 휘어진 나무가 보여요.
비눗방울에서 보이는 나뭇잎은 별 모양 같아요.

코끼리 코도 비눗방울에 들어갔어요.
원숭이가 비눗방울에서 자고 있어요.

비눗방울 세상은

신기한 동물원입니다.

비눗방울과 아빠

비눗방울 속에

무지개 기차가 달려요.

돌고래가 헤엄을 쳐요.

비눗방울은 바닷물이에요.

파도가 나에게 밀려와요.

나는 아빠와 돌고래 비눗방울을 타고

우주의 바다로 갈 거예요.

비눗방울 동동

비눗방울 동동 높이 올라가라.

하지만 톡! 터져 버렸네.

내 볼에 닿은 비눗방울 따뜻해.

나는 다시 비눗방울을 불었지.

아기 뱀처럼 긴 비눗방울이 나왔어.

비눗방울이 갈라져 세 개가 되었지.

또 톡! 톡! 톡! 터져 버렸네.

풍선 터질 때처럼 재미있었지.

건원초 2학년 문초원, 『나는 도서관에서 놀아요』 중에서

1. 돋보기로 본 세상

자세히 관찰하는 것은 문학에서 중요한 요소입니다. 돋보기로 키 작은 식물을 들여다 보고, 손끝으로 풀의 잎맥을 느끼고, 풀잎 뒤에 숨어 있는 곤충을 찾아 관찰한 후 글쓰기 를 합니다.

예시

"잔디는 맨들맨들하다. 또 푸릇푸릇한 냄새도 난다. 잔디는 다 초록색 같지만 자세히 보면 조금씩 색깔이 다르다. 진한 초록색도 있고 연한 초록색도 있다. 맛있는 초록색 사과 같은 색깔도 있고 소나무 같은 색깔도 있다. 손으로 만져 보면 까칠까칠하다. 꼭 아빠 수 염 같다. 잔디는 기다란 잎들이 붙어서 자란다. 잔디 숲 같아 보인다."

제3장

산문 창작

아이들과 광고사진을 보며 이야기를 나누었습니다. 아이들은 광고에 '전달하고자 하는 내용'이 잘 드러나 있다는 것을 깨닫습니다. 글쓰기도 광고처럼 '말하고자 하는 바'가 잘 나타나야 합니다. 이것은 인물을 창조할 때도 마찬가지입니다.

아이들은 자유롭게 선을 그리고 그 속에서 사람 얼굴을 찾았습니다. 아무렇게나 그린 선들 속에서 얼굴이 나타났습니다. 아이들은 자신이 찾아낸 인물과 대화를 나누면서 독특한 캐릭터와 이미지를 만들어 나갔습니다. 이렇게 만든 캐릭터는 이야기의 주인공이 되기도 하고 주변 인물이 되기도 합니다. 아이들은 신나게 글을 써냅니다. 자기 글의 주인공을 찾고 글쓰기를 하는 아이들은 문학 수업의 주인공입니다.

사람 얼굴로 변신한 정물화

〈채소 기르는 사람(The Vegetable Gardener)〉

뒤집어 보면 분명히 정물화인데 똑바로 보면 인물이 나타납니다. 주변에서 흔히 볼 수 있는 나뭇잎, 채소, 단추, 학용품 등을 이용해 사람 얼굴을 만들어 봅시다.

아이들에게 주세페 아르침볼도(Giuseppe Arcimboldo)의 〈채소 기르는 사람〉을 뒤집어서 보여 주었습니다. 검정색 그릇에 양파, 당근, 무 등 각종 채소가 담겨 있는 그림입니다. 정물화 속에 그려진 채소가 무엇인지 물으니 아이들은 '왜 이렇게 당연한 것을 물을까' 하며 의아해합니다.

"우리가 보고 있는 그림은 아주 평범한 정물화예요. 이 그림을 반대로 돌려 보겠습니다."

놀라운 일이 벌어졌습니다. 뒤집어 본 정물화에서 사람의 얼굴 형상이 나타났습니다. 양파는 붉은 뺨이 되고, 당근은 길쭉한 코가 되고, 버섯은 두툼한 입술이 되었습니다. 채소가 담겨 있던 그릇은 검은 모자가 되었습니다. 평범해 보이던 정물화가 시각의 전환으로 완전히 새로운 그림이 되었습니다. 아이들에게 첫 번째 그림과 두 번째 그림을 나란히 보여 주었습니다.

"두 그림이 진짜 똑같은 그림일까요?"

주세페 아르침볼도의 그림을 하나 더 보여 주었습니다. 흔히 볼 수 있는 과일 바구니에 사과, 복숭아, 포도, 서양배가 탐스럽게 담겨 있습니다. 이 그림 역시 뒤집어 보면 인물이 나타납니다.

"우리는 매시간 '익숙한 것을 새롭게 보자'는 이야기를 하고 있어요. 오늘 수업에서는 여러분도 인물을 창조할 거예요. 뒤집어 본 그림 속의 얼굴처럼 재미있는 인물을 만들어 볼까요?"

ⓒ이제석

광고사진 속 문학 읽기

아이들에게 사진을 보여 주고 어떤 광고인지 알아맞히기로 했습니다. 도심 한복판 길바닥에 망원경을 든 남자 사진이 붙어 있습니다. 망원경 렌즈 부분에는 검은색 통 두 개가 놓여 있습니다.

"이 광고는 무엇을 말하고 있는 걸까요?"

현수가 제일 먼저 손을 들었습니다.

"남자가 숲에서 망원경을 보고 있어요."

민선이가 덧붙였습니다.

"망원경 대신 검은색 통이 놓여 있어요."

"그래요. 사진 속 배경은 숲이에요. 그런데 왜 이 사진을 길바닥에 붙여 놓았을까요? 사진 속 남자는 뭘 보고 있을까요?"

미리가 정확하게 답했습니다.

"검은색 통은 휴지통이에요. '지켜보고 있으니 쓰레기를 함부로 버리지 마세요'라고 말하고 있어요."

ⓒ호주체신부

다음 사진은 글이 쓰인 종이가 사람의 형태를 하고 여자와 포옹하는 장면입니다. 유빈이가 말했습니다.

"글이 살아서 움직여요."

"그러네요. 글이 살아 있는 사람이 되었어요."

사진 하단에 적힌 'POST'라는 글자를 읽은 지후가 말했습니다.

"편지를 쓰자는 광고 같아요."

"맞아요. 바로 그거예요. 여러분 중에 우체국에서 편지를 부쳐 본 사람 있나요? 최근에는 이메일을 많이 사용하기 때문에 종이에 편지를 쓰는 사람이 드물어요. 이 광고는 '편지를 써서 사랑하는 마음을 전하자'는 우체국 광고입니다."

다음은 고개를 들고 있는 코브라 사진입니다. 코브라 얼굴에 눈 대신 전기 콘센트가 그려져 있습니다. 전기를 잘 사용하면 아주 유용하지만, 부주의하면 독을 가진 코브라처럼 위험할 수 있다는 점을 말하고 있는 광고입니다. 아이들은 어렵지 않게 광고의 의도를 파악했습니다.

사진을 넘길 때마다 아이들은 어떤 광고인지 쉽게 알아맞혔습니다. 신혜는 개미들이 일제히 땅에 떨어진 사탕을 피해 지나가는 사진을 보고 "사탕이 무설탕이라는 것을 강조하고 있어요"라고 말했습니다. 세흔이는 튀긴 감자의 한쪽 부분이 새까맣게 탄 사진을 보고 "매운 케첩을 찍어서 감자가 타버렸어요"라고 상상합니다.

157

"여러분은 광고사진이 무엇을 말하고 있는지 잘 이해하고 있어요. 왜 일까요?"

유진이가 손을 번쩍 들었습니다.

"그래요. 유진이 말처럼 여러분의 머릿속에는 이미 많은 지식이 쌓여 있어요. 그래서 무슨 광고인지 금방 알아맞혔어요. 또 광고에는 핵심 내용이 잘 드러나 있기 때문이기도 하고요. 우리가 글을 쓸 때도 마찬 가지예요. 글에는 '무엇을 말하려고 하는지'가 잘 나타나 있어야 해요."

광고사진 속 캐릭터 상상하기

ⓒAlpines

다음 사진에는 한 아이가 도시 한복판에 서 있는 탑 꼭대기에 매달려 있습니다.

"어떤 일이 벌어진 걸까요? 먼저 이 친구의 이름을 지어 볼까요?"

준택이가 말했습니다.

"좋아요. '자유를 찾고 있는 레미'는 어떤 성격을 가지고 있을까요?"

158

우광이가 말했습니다.

"모험심이 강해요."

채리가 말을 받았습니다.

"장난꾸러기예요."

"그래요. 레미는 모험심이 강하고 장난꾸러기인 것 같아요. 그런데 레미는 왜 탑 꼭대기에 매달려 있을까요?"

현수가 말했습니다.

"도시가 오염되어 하늘로 올라가고 있어요."

진서의 생각은 다릅니다.

"물이 차올라 도시를 뒤덮고 있어요."

어떤 광고인지 궁금한 유진이가 더 이상 참지 못하고 질문을 합니다.

"선생님, 무슨 광고예요?"

"이 광고는 풍선껌 광고예요. 아이가 탑 꼭대기까지 날아오를 정도로 큰 풍선을 불 수 있다는 내용이 담겨 있어요. 여러분은 이 광고를 보면서 '자유를 찾고 있는 레미'라는 인물을 만들었어요. 또 도시를 배경으로 레미에게 어떤 사건이 일어났는지 상상했어요. 지금부터 여러분 각자 인물을 만들고, 그 인물을 중심으로 이야기를 만들어 볼 거예요."

자유롭게 그린 선 속에서 사람 얼굴 찾기

아이들 앞에 하얀 스케치북이 놓였습니다.

스케치북에서 연필을 떼지 않고 자유롭게 선을 그리라고 합니다

"지금부터 연필로 자유롭게 선을 그릴 거예요. 시작점은 어디든 좋아요. 모서리에서 시작해도 좋고 가운데서 시작해도 좋아요. 단, 스케치북에서 연필을 떼지 않고 선을 그려 보세요. 무언가 그리려고 하지 말고 손이 가는 대로 연필을 자유롭게 움직이는 거예요."

칠판에 네모를 그린 후 시범을 보여 주었습니다. 네모 속에는 아무렇게나 그려진 선이 있습니다. "시작" 소리가 떨어지기 무섭게 아이들의 손이 스케치북 위를 달려 나갑니다. 손이 지나갈 때마다 연필은 거미줄처럼 선을 뽑아냅니다. 아이들은 하얀 종이 위에 마음껏 선을 그리며 신바람이 났습니다. 선을 그리는 속도가 달팽이처럼 느린 친구도

있고 번개처럼 빠른 친구도 있습
니다. 선을 떼지 않고 계속 이어
나가기 때문에 삐뚤빼뚤한 동그라
미가 생깁니다. 찌그러진 세모와
회오리바람 같은 모양이 생겨나기
도 합니다. "그만"이라는 말과 함께
아이들 손이 멈추었습니다.

"여러분 앞에 놓인 스케치북을
자세히 들여다보세요. 세로로 봐
도 좋고 가로로 봐도 좋아요. 그
속에서 사람 얼굴을 찾아보세요."

아이들은 아무렇게나 그려진 그
림에서 사람 얼굴을 찾느라 고개
를 갸웃거립니다.

"앞모습도 좋고 옆모습도 좋아
요. 어디가 눈인가요? 코는 어디에 있어요? 스케치북 전체가 얼굴이 될
수도 있고, 어느 한 부분이 얼굴이 될 수도 있어요."

아이들은 자기 앞에 놓인 스케치북을 이리저리 돌려 봅니다. 지후가
제일 먼저 얼굴을 찾았습니다. 얼굴형이 찌그러지고 눈 크기도 다릅니
다. 지현이가 찾은 얼굴은 파마머리에 완전히 가려져 있습니다. 두 친구
가 찾아 낸 우스운 얼굴을 보면서 아이들은 각자의 스케치북에서 얼굴
을 찾았습니다.

인물과 성격 창조하기

"여러분이 찾아낸 인물에게 이름을 지어 주세요. 어떤 이름이 어울릴까요? 그리고 이 인물의 성격은 어떨까요? 평소 여러분이 알고 있는 성격을 아무렇게나 적는 게 아니에요. 그림 속 얼굴을 잘 들여다보고 성격을 이끌어 내는 거예요.

느릿느릿 걷는 사람의 성격은 어떨까요? 또 말을 빨리 하는 사람의 성격은 어떨까요? 여러분이 선을 그리는 동안 똑같은 시간이 주어졌어요. 그런데 어떤 친구는 스케치북 가득 선을 그렸고, 또 어떤 친구는 그리 많지 않은 선을 그었어요. 이 두 친구의 성격은 어떻게 다를까요? 우리는 행동을 통해 인물의 성격을 유추할 수 있어요. '명랑하다' '활발하다'와 같이 직접적으로 성격을 묘사할 수도 있지만, 그 사람의 행동을 보고 성격을 이야기할 수도 있어요."

민영이가 찾아낸 인물은 아이들에게 이야기를 들려주는 '과일 가게 아저씨'입니다. 은지는 머리가 튀어나와 아이들에게 '놀림받는 아이'를 만들었습니다. 지원이는 평소에는 착하지만 먹을 것을 빼앗으면 난폭해지는 '먹보'를, 지우는 춤을 잘 추는 '룰루'를, 진서는 수학을 싫어하는 '생쥐 마왕 호크'를, 신혜는 잘난 척하는 '노랑머리'를 만들었습니다. 우광이가 만든 '텅돌이'의 특기는 비보이 춤과 텀블링입니다. 유빈이는 미스테리한 인물을 만들었습니다. 얼굴 반쪽은 웃고 반쪽은 화를 내는 '웃울돌이'입니다.

최지우, 〈그랑탕탕 축제의 룰루〉

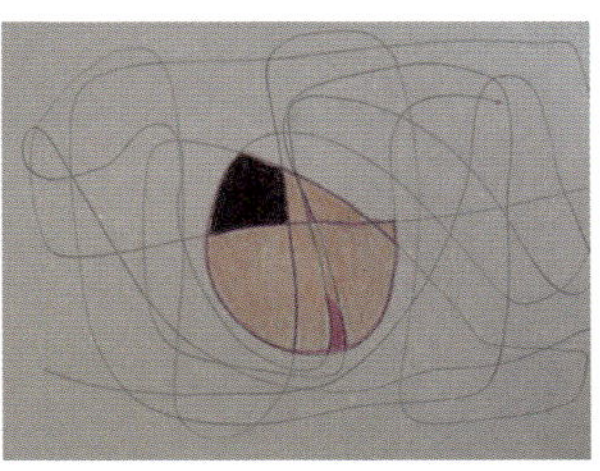

지유진, 〈친구가 많은 해피〉

홍진서, 〈수학을 싫어하는 생쥐 마왕 호크〉

최은지, 〈머리가 튀어나온 아이〉

이유빈, 〈울다 웃는 웃울돌이〉

김우광, 〈운동을 잘하는 텅돌이(비보이 춤과 덤블
링을 잘함)〉

허지원, 〈먹보(평소에는 착하지만 먹을 것을 빼앗으면
난폭해짐)〉

"자, 지금부터 여러분이 창작한 인물과 이야기를 나눠 보세요. '텅돌이' '룰루' '호크' '먹보' '웃울돌이'가 어떤 이야기를 하고 있나요? 지금 뭘 하고 있죠? 어디로 가고 있는 중인가요? 주위에는 누가 있나요? 지금 무슨 생각을 하고 있는 걸까요? 자꾸 들여다보고 물으면 그림 속 인물이 여러분에게 대답해 줄 거예요."

아이들은 짝꿍과 이야기를 멈추고 앞에 놓인 인물과 대화를 나눕니다. 그리고 저마다 인물의 특징을 드러낸 글을 썼습니다. 민선이는 게으름 공주가 독서를 좋아하게 된 사연을 동화로 풀어냈고, 지후는 예쁜 소리를 듣고 자라야 할 '한소리'가 잔소리를 듣고 있는 상황을 재치 있게 썼습니다. 세흔이는 자기가 만들어 낸 인물의 한쪽 다리가 크다는 점에 착안해, 축구 선수를 꿈꾸는 자신과 인물을 일치시킨 실감 나는 이야기를 썼습니다.

처음에 아이들은 "인물을 만들고 이야기를 써 보자"는 말에 소리를 지르고 몸을 비틀며 글을 쓰기 싫은 마음을 솔직하게 표현했습니다. 하지만 아무렇게나 그린 선에서 인물이 나타나고, 그 인물에 대해 보이는 대로 써내려 가면서 아이들은 곧 재미를 느꼈습니다. 글쓰기가 싫다고 말한 아이들이 맞나 싶을 정도로 기발한 인물들이 쏟아졌습니다. 그 인물이 펼쳐 나가는 이야기도 재미있었습니다. 아이들은 글쓰기를 통해 저절로 이야기의 구성 요소를 익혔습니다.

몇몇 아이들이 앞으로 나와 발표를 했습니다. 현수가 친구들의 발표를 듣고 말합니다.

자기가 만들어 낸 인물도 특이하지만, 친구들의 그림 속 인물과 성격이 닮은 게 신기한 듯합니다.

얼굴 큰 아이

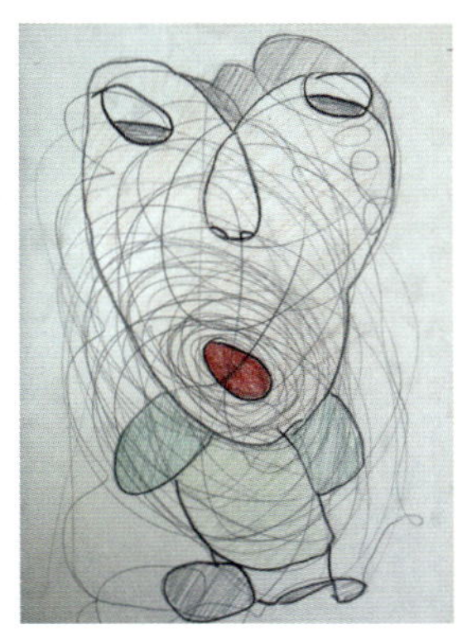

내 이름은 '얼굴 큰 아이'야. 난 축구를 잘해. 그래서 지금 축구장에 가는 거야. 나의 축구 등번호는 13번이야. 박지성 선수가 맨유에서 13번을 달고 뛰었기 때문이야. 너희들은 축구를 좋아하니? 난 지금 축구팀에 소속되어 있어. 축구팀 이름은 '지엘'이야. 너희들의 축구팀은 어디니? 나는 얼굴이 커서 헤딩을 잘해. 또 발이 커서 슈팅도 잘하지. 난 기성용 선수를 좋아해. 기성용 선수가 프리킥과 코너킥을 잘하기 때문이야. 또 정성용 선수도 좋아해. 상대 팀 슛을 잘 막기 때문이야. 너희들은 누구를 좋아하니?

나는 매주 일요일마다 아빠와 두 시간씩 인조 잔디 축구장에 가서 축구 연습을 해. 난 커서 축구 선수가 되고 싶어. 어떨 땐 비가 와서 축구를 못하지. 나는 축구가 전문인 축구 학교에 전학 가고 싶어. 근데 그 축구 교실은 비용이 비싸서 못 들어가겠어. 축구를 잘하려면 밥을 잘 먹어야 돼. 왜냐하면 밥을 먹어야지 뼈가 튼튼해지기 때문이야.

우리 학교와 다른 학교에 김병지 선수와 이을용 선수의 아들이 다니고 있어. 김산과 이태석이지. 이태석은 이을용 선수처럼 축구를 잘해. 이을용 선수는 2002년에 국가대표 선수였어. 지금은 은퇴했어. 또 이을용 선수는 은퇴하기 전에 강원 FC 주장이었어. 다른 말로 캡틴이었지. 난 박지성 선수가 은퇴해서 너무 아쉬워. 또 맨유에서 퀸즈 파크 레인저스로 가서 아쉬워. 등번호도 13번에서 7번으로 바뀌었어. 난 외국 선수들 중에서 호날두를 좋아해. 메시도 좋아하지. 최근 호날두와 메시가 좀 못하고 있어. 그들이 다시 부활하면 좋겠어. 난 지금도 꿈을 향해 노력하고 있어.

못 말리는 아이 한소리

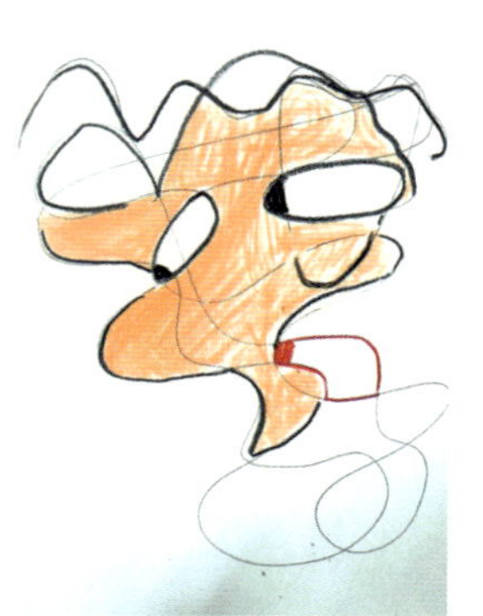

이 아이의 이름은 '한소리'다. 할머니께서 언제나 예쁜 소리를 듣고 자라라고 이름을 지어 주었지만, 지금은 언제나 일을 저질러서 '한소리' 즉, 잔소리를 듣는 못 말리는 아이가 되었다. 언제나 잔소리를 듣다 보니, 입이 쭉 나온 날이 많다. 이제는 그림에서 보는 것과 같이 입을 내미는 게 버릇이 되었다. '한소리'는 엄마가 시키는 것에는 무조건 '네' 하고 답해야 한다. 그렇기 때문에 엄마가 파마를 해준다고 했을 때 거절할 수 없었다. 결국 몸뻬 바지를 입은 할머니 같이 되어 버렸다. '한소리'는 머리를 길러 땋아 뽐내는 것이 소원이다.

'한소리'의 아빠는 돌아가셨고, 엄마는 회사에 가셨다. 엄마는 일곱 시 정각에 돌아와서 오천만 번의 잔소리 총알을 뿜어 댄다. 아이는 외로워 집에 돌아오면 가방을 내팽개치고 책부터 든다. 눈을 감으면 책 속의 반항아 같이 '그만하세요!'라고 소리도 지르고, 앨리스와 함께 토끼를 따라 굴속으로 들어가기도 한다.

할머니는 아이가 안쓰러웠는지 시골로 데려가셨다. 방학이 끝나는 날, '한소리'는 다시 순진하고 신나는 아이가 되어 있었다. 할머니가 어떤 마법을 부리셨을까? 할머니가 사시는 시골은 책에서 본 환상적인 자연이 눈앞에 펼쳐져 있었다. 멋진 풍경이 '한소리'에게 말을 걸었다. 자연은 당당하게 자신의 말을 전한다. 이제 '한소리'는 입을 집어넣고, 머리도 길렀다. 아주 예쁜 아이다. 하고 싶은 건 한다고 하고, 하기 싫은 것은 싫다고 말한다.

"할래요."

"하기 싫어요. 그 이유는……."

수택초 4학년 김지후

잘난 척하는 노랑머리

이 아이의 이름은 '노랑머리'다. 왜냐하면 머리카락의 색깔이 노랗기 때문이다. '노랑머리'는 욕심이 많아서 모든 것을 자신이 차지하려고 한

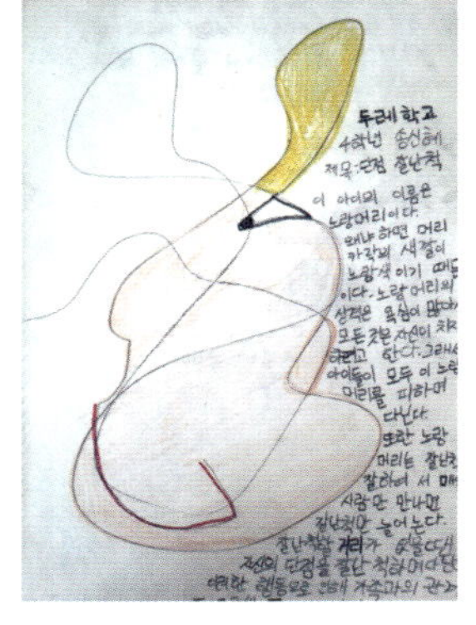

다. 그래서 아이들이 모두 '노랑머리'를 피해 다닌다. '노랑머리'는 잘난 척도 잘한다. 사람만 만나면 잘난 척을 늘어놓는다. 잘난 척할 거리가 없을 땐 자신의 단점을 잘난 척하며 다닌다. 이러한 행동으로 인해 가족과의 관계도 조금씩 끊어지고 있다. 하지만 '노랑머리'는 가족에게 아예 신경 쓰지 않는다. '노랑머리'의 장점은 아이들이 아무리 자신의 말을 들어 주지 않아도 용기를 내어 끝까지 말하는 것이다. '노랑머리'는 길을 걸을 때 노래를 부른다.

"머리카락의 색깔이 노랑색이어서 노랑머리지요. 잘난 척을 잘해서 노랑머리지요. 욕심이 많아서 노랑머리지요. 용기를 내어 끝까지 말해서 노랑머리지요. 내 이름은 노랑머리예요."

두레초 4학년 송신혜

독서를 좋아하게 된 게으름 공주

옛날, 숲이 우거진 곳에 성이 있었습니다. 성은 매우 아름답고 항상 반짝반짝 빛났습니다. 하지만 성의 주인인 왕과 왕비에게는 아이가 없었습니다. 어느 날, 왕비가 낮잠을 자는데 꿈에 숲을 지키는 신령이 나타나 알로에를 먹고 물을 반 컵 마시면 아기가 생길 거라고 말했습니다. 신기하다고 생각해 알로에를 먹고 물을 반 컵 마셨더니 왕비의 배가 점점 불렀습니다. 열 달 후 예쁜 귀를 가진 공주가 태어났습니다. 아기는

일주일 후 걷고 이주일 후 말을 하고 삼주일 후 키가 쑥쑥 자랐습니다. 하지만 공주는 노는 것만 좋아하고 독서나 공부는 정말 싫어했습니다. 왕과 왕비는 걱정이 많았습니다. 후계자가 학문을 게을리하니 훗날 나랏일이 잘 되지 못할 거라고 생각했어요.

왕이 한숨을 쉬고 있을 때 숲의 신이 나타나, 공주가 산의 신에게 찾아가서 세 가지 과제를 풀면 학문을 좋아하게 될 것이라고 했습니다. 왕의 권유로 공주는 산의 신을 찾아갔습니다. 산의 신에게 가는 길은 멀고도 험했습니다. 공주가 풀에게 물었습니다.

"산의 신은 어디 있니?"

"나를 도와주면 가르쳐 주지!"

"알았어."

공주가 대답했습니다.

"식용버섯을 가져다 줘!"

공주는 숲에 갔습니다. 하지만 식용버섯은 어디에도 없었습니다. 공주가 눈물을 흘리고 있을 때 숲의 신이 말했습니다.

"자, 여기 있다. 어서 가서 풀에게 가져다주렴."

"네, 고맙습니다."

풀이 식용버섯을 받고 산의 신이 있는 곳을 알려 주었습니다.

공주는 다시 바위를 넘고 풀을 지나 계곡을 첨벙첨벙 지나가 겨우 산의 신을 만났습니다.

"첫 번째 과제를 주겠다. 무슨 병이든지 다 낫게 하는 보석을 가져와
라."

"알겠습니다."

공주가 말했습니다.

"지도를 주세요."

보석은 사나운 매가 지키고 있었습니다. 공주는 미리 준비해 둔 고깃
덩어리를 매에게 던져 주었습니다. 매들은 고깃덩어리만 먹는 데 정신
이 팔려 보석을 지키지 못했습니다. 그 틈에 공주가 보석을 가지고 산의
신에게 가져다주었습니다.

"첫 번째 과제는 무사히 끝냈다. 내일은 두 번째 과제를 내어 주겠다."

다음 날 아침 여덟 시 오십 분, 산의 신이 말했습니다.

"아무리 물을 부어도 물이 그대로 남아 있는 컵을 구해 봐라."

그 컵은 뱀이 지키고 있었습니다. 공주는 뱀을 귀여워해 주고 뱀과 친
하게 지내려고 애썼습니다. 그러자 뱀과 공주는 친구가 되었습니다. 뱀
이 신기한 컵을 주었습니다. 공주는 산의 신에게 신기한 컵을 주었습니
다. 세 번째 과제는 무서운 말을 가지고 오는 것이었습니다. 말은 아주
사나웠습니다. 공주는 말에게 각설탕을 주고 친해졌습니다. 그래서 세
번째 과제를 성공했습니다.

산의 신은 공주에게 독서의 힘을 주었습니다. 공주는 성으로 돌아가
서 독서를 했습니다. 왕과 왕비는 기뻐서 잔치를 벌였습니다. 흉년이 들
때는 신비한 컵을 사용해서 물을 채웠습니다. 공주는 백성들에게 사랑

받았습니다.

구리초 4학년 권민선

"자, 우리가 오늘 수업 시간에 뭘 했는지 말해 볼까요?"

"그냥 볼 때는 과일 바구니인데 돌려 보았더니 사람 얼굴인 그림을 봤어요."

"재미있는 광고사진을 보고 어떤 광고인지 이야기를 나누었어요."

"선을 그리고 얼굴을 찾았어요."

"인물의 이름과 성격을 짓고 이야기를 만들었어요."

아이들은 수업 내용을 정리하면서 '어떤 활동이 제일 재미있었는지'에 대해서도 이야기를 나누었습니다.

1. 만약 『백설공주』의 주인공이 여왕이라면?

동화 속 주인공을 바꿔서 글쓰기를 하면 전혀 다른 성격의 인물이 나타납니다. 각자의 입장을 생각해 볼 수 있기 때문에 다각적인 관점을 가지는 데 도움이 됩니다.

보 조 교 재

『늑대가 들려주는 아기돼지 삼형제 이야기』

존 셰스카 글, 레인 스미스 그림, 황의방 옮김, 보림

"달라요, 달라! 내가 아는 이야기와 달라요"라고 외치는 아이들 소리가 들리시나요? 아이들이 잘 알고 있는 동화 『아기돼지 삼형제』를 늑대의 입장에서 다시 쓴 이야기입니다. 관점이 달라지면 이야기도 완전히 달라집니다. '발상의 전환'으로 커다란 재미를 맛볼 수 있습니다.

2. 뒷이야기 쓰기

꿈을 향해 달리는 세훈이의 '얼굴 큰 아이'는 어떻게 되었을까요? 신혜의 잘난 척을 잘하는 '노랑머리'는 어떤 계기로 성격이 바뀌었을까요? 잘난 척이 어떻게 장점으로 변했을까요? 아이들이 직접 쓴 글이나 좋아하는 책의 뒷이야기를 쓰면서 상상력의 폭을 넓힐 수 있습니다.

아이들은 글이 없는 그림책에 이야기를 쓰면서 그림을 보고 글을 연상합니다. 글을 읽으면서 장면을 떠올리는 것과 같습니다. 아이들은 그림언어를 문자언어로 전환하는 과정을 통해 자기가 아는 어휘를 총동원해서 이야기를 구성합니다. 어떤 언어로 표현할지를 고민하는 동안 글의 구조를 자연스럽게 습득해 나갑니다.

그림책은 그림으로만 구성되어 있지만 이미 플롯이 잘 짜여 있기 때문에 글쓰기의 훌륭한 도구가 됩니다. 아이들은 그림책에 말을 넣으면서 그림책을 더 자세히 이해하고, 그림의 내용에 따라 글의 위치가 달라지는 구성력도 기를 수 있습니다.

그림 속 주인공에게 이름 붙이기

아이들에게 김민지 작가의 일러스트 〈푸른 고래(Blue Whale)〉를 보여 주었습니다.

"이 그림 속 배경은 어디일까요?"

수현이는 "우주"라고 말하고, 승우는 "땅속"이라고 말합니다. 서현이는 "바닷속"이라고 말하고, 선민이는 "하늘"이라고 말합니다. 아이들은 같은 그림을 보고 저마다 다른 배경을 상상합니다.

"그러면 이 고래의 이름은 무엇일까요?"

호종이는 고래에게 무선 조종이 가능한 '잠수함 8호'라는 이름을 붙여 줍니다. 정아는 '유리의 성'이라는 이름을 붙였습니다. 아이들은 각자 '푸른 고래'의 이름을 지은 다음 그림 속 주인공 이름을 생각했습니다. 이름이 가지고 있는 느낌을 이야기하고 성격을 만들면서 중심인물과 주변인물을 만들었습니다.

인상적인 장면 묘사하기

"이 그림을 자세히 보세요. 그림을 보지 않은 사람들에게 이 그림을 묘사한다면, 여러분은 어떤 이야기를 할 건가요?"

아이들에게 『튤슈를 사랑한다는 것은』 책 표지로 쓰인 일러스트를 보여 주었습니다. 아이들이 그림 속에 담긴 장면을 묘사하기 시작했습니다. 제일 먼저 건우가 일어났습니다.

"땅에서 달까지 긴 사다리가 이어져 있어요. 덩굴식물이 사다리를 타고 올라가고 있고요. 사다리 그림자가 길어요."

다음에는 혜림이가 일어났습니다.

"여기는 사막 같아요. 왜냐하면 선인장이 있기 때문이에요. 그런데 모래가 눈 덮인 것처럼 하얀색이에요."

"이번에는 무엇이 가까이에 있고 무엇이 멀리 있는지 설명해 보세요."

세환이가 일어났습니다.

"왼쪽에 노란색 꽃이 핀 선인장이 있고 중간에는 키 작은 갈색 나무가 있어요. 그리고 저 멀리 달과 사다리가 보이고, 사다리 옆에 또 다른 선인장이 보여요."

"그러면 그림에는 보이지 않지만 그림 속에 있을 법한 것은 무엇이 있을까요?"

곤충학자가 꿈인 지수는 "보이지는 않지만 사막을 기어가는 곤충 발자국이 분명히 있어요"라고 말합니다. 천문학자가 꿈인 민수는 "밤하늘에 이름 모를 행성이 많이 있어요"라고 말합니다. 영화를 좋아하는 서현이는 달에 생쥐 '토리'가 살고 있다고 말하고, 모험가가 꿈인 정환이는 '사막 위에 파란 집을 짓고 사는 사내' 이야기를 합니다.

『튤슈를 사랑한다는 것은』

아지즈 네신 글, 이난아 옮김, 푸른숲

풍자 문학의 거장 '아지즈 네신'은 탁월한 관찰력과 상상력으로 미묘한 사랑의 감정을 독수리와 물고기, 담쟁이덩굴, 나비의 목소리 등에 빗대어 표현합니다. 닿을 수 없는 사랑을 찾아 떠난 여섯 편의 이야기가 실려 있어요.

"바람의 얼굴은 어떻게 생겼을까요?"

"북풍과 서풍의 생김새는 어떻게 다를까요?"

"소년이 부는 나팔 소리는 어떤 모양일까요?"

"시계에 발이 달렸다면 어디를 제일 먼저 가고 싶을까요?"

아이들은 다양한 그림을 보며 스스로 질문을 만들고 이야기를 생각해 냅니다.

한 장면으로 이야기 꾸미기

아이들은 각자 가장 마음에 와 닿는 그림을 선택해 이야기를 지었습니다. 똑같은 그림을 선택한 아이들일지라도 전혀 다른 이야기를 합니다. 승우가 찾아간 '고래 마을' 사람들은 이상한 언어로 말하고 피부색도 다릅니다. 이곳에는 몸이 불편한 사람이 많습니다. 하지만 승우는 마을 사람들의 따뜻한 마음을 발견하고 '모두 다 같은 인간'이라는 사실을 깨닫습니다.

수현이의 주인공은 '하나'입니다. '하나'는 '상어의 성'에 이사 온 날, 옷장에서 이상한 소리를 듣게 됩니다. 옷장 안에는 미끄럼틀이 있습니다. 미끄럼틀을 타고 내려간 세상은 '하나'가 살고 있는 세상과 달라 보였습니다. '하나'는 길을 걷다가 엄마와 손을 잡고 있는 아이를 만났습니다. 신기하게도 그 아이는 '하나'와 똑같이 생겼습니다. 아이 옆에 있는 엄마도 '하나' 엄마랑 같았습니다. '하나'는 아이와 함께 놀고, 엄마가

해 준 음식을 먹고 잠들었습니다. '하나'는 잠에서 깨어났습니다. '하나'
가 옷장을 열었을 때 미끄럼틀은 없었습니다.

서현이의 주인공은 '한빛'입니다. '세상을 비추는 하나의 빛'이라는
의미를 가진 이름입니다. 보름달이 뜨면 '한빛'은 창고에 꽁꽁 숨겨 놓
았던 사다리를 타고 '달빛 다락방'으로 갑니다. '달빛 다락방'은 이곳에
살고 있는 생쥐 친구 '토리'를 위해 한빛이 지어 준 이름입니다. '한빛'은
'토리'와 함께 밤새도록 책을 읽습니다. 별들과 노래하고 달과 춤을 춥
니다. 그리고 '한빛'이 가지고 온 토마토 통조림을 나눠 먹습니다.

호종이는 '에디슨'이라는 소년과 아기 돼지 '샬롯'의 우정 이야기를
들려주었습니다. '에디슨'의 아버지 '넬슨'의 농장에는 닭밖에 없었습니
다. 어느 날, 아버지는 아기 돼지 한 마리를 사오셨습니다. 아기 돼지는
닭들과 어울리지 못했습니다. '에디슨'은 아기 돼지에게 먹이를 주고
창고에서 함께 놀았습니다. 그리고 아기 돼지에게 '샬롯'이라는 이름도
지어 주었습니다. 그런데 마을에서 파티가 열리는 날, '샬롯'이 사라졌
습니다. '에디슨'은 며칠 동안 밥을 먹지 않고 '샬롯'과 함께 놀던 창고에
서 하루 종일 '샬롯'의 모습을 그렸습니다. 아버지가 다른 돼지를 사왔
지만 '에디슨'의 마음에는 '샬롯'뿐이었습니다.

글쓰기와 발표하기

아이들은 일러스트 한 장면으로 신나게 말놀이를 하며 글을 연상했

습니다. 그리고 각자 좋아하는 그림책에 말을 넣었습니다. 승희가 선택한 책은『시간 상자』이고 수현이가 선택한 책은『파도야 놀자』입니다. 아이들은 친구들의 작품에 진지하게 귀를 기울입니다. 어떤 점이 재미있는지 서로 이야기하고, 멋진 상상력을 펼친 친구에게는 힘차게 박수를 쳐 주었습니다.

시간 상자

윌슨이 소라게를 관찰하고 있네요.
어머니와 아버지는 책을 읽고 계시는데 말이죠.

윌슨은 삽과 양동이를 들고 바다로 걸어가다가 꽃게를 만났어요.
윌슨이 "꽃게야 뭐하니?" 물었어요.
윌슨은 대답을 듣기 위해 꽃게에게 가까이 다가갔어요.
그런데 갑자기 파도가 밀려와서 윌슨을 덮쳤어요.

윌슨은 흠뻑 젖었어요.
윌슨의 눈앞에 네모난 상자가 밀려와 있어요.
윌슨은 그것이 무엇인지 궁금했어요.
그것은 수중카메라였답니다.

윌슨은 카메라 뚜껑을 열어 보았어요.

카메라에는 필름이 들어 있어요.

윌슨은 달리고 또 달려서 사진관에 도착했어요.

새 필름을 사서 넣고 사진 인화 신청도 했어요.

사진이 나올 때까지 기다리고 또 기다렸어요.

윌슨은 여러 장의 사진을 건네받았어요.

붉은 물고기 사이로 헤엄치는 로봇 물고기가 있어요.

문어들과 물고기들이 회의하고 있어요.

복어 열기구가 하늘을 날고 있어요.

거북이 등에 집들이 모여 도시를 이루었어요.

외계인들이 바닷속에서 놀고 있어요.

불가사리에 산이 우뚝 솟아 있어요.

마지막으로 중국 아이가 사람 사진을 들고 있어요.

윌슨은 신기했어요.

사람 안에 사람이 있고, 그 사람 안에 또 다른 사람이 있었어요.

사람 얼굴이 잘 보이지 않아 옆에 있던 돋보기로 사람들을 보았어요.

한국 아이가 들고 찍은 사진 속 아프리카 사람이 있고,

그 안에 몽골 사람이 있었어요.

돋보기로도 잘 보이지 않자 현미경으로 사진을 보았어요.

미국 아이가 사진을 들고 있고 그 다음부터는 흑백사진이에요.

윌슨은 이 카메라가 아주 오래 전부터 있었다는 것을 알게 되었어요.

윌슨은 이 사진을 보면서 생각에 잠겼어요.

윌슨은 카메라를 들고 자신의 얼굴을 찍었어요.

윌슨은 사진들과 카메라를 바다에 던졌어요.

늦은 밤, 오징어가 카메라를 가지고 바닷속에 들어가서

물고기에게 주고 물고기는 카메라를 해마에게 주었어요.

카메라는 인어들이 춤추는 모습을 찍었어요.

카메라가 바다에 떠다니고 있어요.

펠리컨이 카메라를 물고 날아요.

돌고래가 카메라를 가지고 헤엄쳐요.

카메라가 파도에 밀려 남극에 왔어요.

카메라가 또 다시 바다에 둥둥 떠다녀요.

한적한 바닷가에 야자나무가 있어요.

슬픈 표정의 소녀 에스파냐가 앉아 있어요.

카메라가 에스파냐 앞으로 떠밀려 왔어요.

언북초 6학년 문승희

180

『시간 상자』

데이비드 위스너 그림, 베틀북

시간은 흐르고 또 흐릅니다. 지나간 시간들이 시간 상자 속에 고스란히 담겨 있습니다. 시간 상자는 우리를 과거로, 더 먼 과거로 데려갑니다. 사진 속에 사진이 있고 그 사진 속에 또 다른 사진이 있는 것처럼 이야기 속에 이야기가 있는 '액자소설'을 써 봅시다.

파도야 놀자!

아라가 바다 냄새를 맡는다.

모래가 아라 다리를 보드랍게 감싼다.

아라가 바다에 모래를 쓸어 넣었더니 파도가 흔들흔들거린다.

파도가 아라를 잡으러 간다.

조심스럽게 물에 들어간다. 물장구를 친다.

찰랑찰랑 하하하 끼룩끼룩 찰랑찰랑 하하하 끼룩끼룩.

파도가 아라를 위해 미끄럼틀이 되어 주었다.

아라가 파도에 올라타서 쭈욱~ 미끄러져 내려온다.

미끄럼틀은 바다 끝까지 갔다 다시 되돌아온다.

하늘색 오징어가 하늘색 먹물을 튀긴다.

아라는 깜짝 놀라 도망친다. 새들도 도망친다.

파도는 더 이상 올 수 없다. 아라가 배를 내밀며 약 올린다.

파도는 고래가 되었다.

파도는 아라와 친한 사람이 되었다.

파도는 꽃게가 되었다.

아라가 흠뻑 젖었다.

파도가 소라 껍질을 아라에게 주고 갔다.

파도가 하늘색 소라가 되었다.

아라가 하늘색 소라 껍질을 보고 노래한다.

새들은 날갯짓하며 간다.

엄마는 아라 신발을 들고 아라 뒤에 서 있다.

교문초 5학년 성수현

『파도야 놀자』

이수지 그림, 비룡소

바닷가에 놀러 온 소녀의 하루를 자유로운 먹선과 파란색, 흰색만으로 생동감 있게 담아낸 그림책입니다. 아이들은 주인공 수지를 궁금해합니다. 수지에게 덤벼드는 파도를 보고 '와' 하고 탄성을 지릅니다. 책장을 넘길 때마다 눈이 휘둥그레집니다. 물을 뒤집어 쓴 수지는 어느새 아이들 자신이 되었습니다.

1. 한 장면을 보고 시 쓰기

    아이들은 기차가 지나가면서 레일을 깔고, 양옆으로 가로수를 만들고, 풍성한 나뭇잎을 뿜어 대는 그림을 보았습니다. 그리고 이 신기한 기차에게 이름을 붙여 주었습니다. 경찬이는 '나무 심는 기차', 민주는 '카멜레온 음식기차', 은교는 '잎기차', 해람이는 '플라이기차', 채린이는 '개구리기차', 상희는 '옷기차'라고 합니다.

잎기차 입기차

잎기차가 계속 잎을 피운다.
구름처럼 부풀린다.

입기차는 잎을 다 먹는다.

부웅부웅 이상하다. 잎이 사라진다.
잎기차가 다시 잎을 피운다.

뿌우뿌우 냠냠냠
뿌우뿌우 냠냠냠
잎기차와 입기차는
언제 거길 빠져 나올까?

잎기차는 뒤에 입기차가 있는지 모른다.
입기차는 뒤에 잎기차가 있는지 모른다.

장자초 2학년 서은교, 『나는 도서관에서 놀아요』 중에서

개구리기차

개구리처럼 생겼어요.
눈이랑 입이랑
개구리처럼 생겼어요.

개구리기차가 점점 숲으로 들어가요.
쨍쨍 깍깍
뭉게뭉게 데굴데굴
랄랄라 따다단
사각사각 서걱서걱
개구리기차가 사과나무를 만들어요.

부양초 1학년 홍채린, 『나는 도서관에서 놀아요』 중에서

카멜레온 음식기차

카멜레온 음식기차 나가신다.
오늘은 어떤 음식이 나올지 궁금하다.
사과,아니면 바나나
아~ 궁금하다 궁금해.

저기 카멜레온 음식기차다.
음식은 바로 내가 좋아하는 복숭아다.
난 정말 기분이 좋았다.

구지초 1학년 이민주, 『나는 도서관에서 놀아요』 중에서

2. 친구가 묘사한 그림 그리기

모둠을 정해 한 사람만 그림을 보게 합니다. 그림을 본 사람은 친구들에게 그림을 묘사합니다. 친구들은 말로 전해 들은 이야기를 그림으로 표현합니다. 이 과정에서 그림을 묘사하는 사람은 관찰력과 의사 전달력이 향상되고, 친구의 말을 듣고 그림을 표현하는 사람은 타인의 말에 귀를 기울이며 정확히 이해하는 습관을 기를 수 있습니다. 또한 협동심을 기릅니다. '하고자 하는 말'과 '친구에게 들은 말'을 각각 논리적으로 쓰는 연습도 할 수 있습니다.

누구나 마음속에 마술 연필 하나를 가지고 있습니다. 그러나 많은 사람들이 마술 연필의 존재를 잊고 지냅니다. 아이들이 가지고 있는 것까지 빼앗아 버리는 어른도 종종 있습니다. 보이지 않는 마술 연필을 꺼내어 보고, 만지고, 다듬을 수 있는 방법이 바로 문학에 있습니다. 마술 연필은 아이들의 감성을 끌어내는 훌륭한 도구입니다. 신기하게도 마술 연필은 닳지 않습니다. 쓰면 쓸수록 더욱 빛납니다.

아이들은 모두 글쓰기를 잘합니다. 글쓰기가 어려운 이유는 단지 마음속에 마술 연필이 있다는 것을 모르기 때문입니다. 자기 생각을 마음껏 표현하고 글쓰기를 하고 싶을 때, 마술 연필을 꺼내는 주문을 외우면 어떨까요?

마술 연필 나와라 뚝딱!

"선생님이 『앤서니 브라운의 마술 연필』이라는 책을 가지고 왔어요. 이 책에는 여러분 또래의 친구들이 그린 그림이 함께 실려 있어요. 마술 연필로 그림을 그리면 무엇이든 진짜가 돼요. 배고픈 사자, 슬퍼하는 거인, 벌, 용을 만났을 때, 여러분은 무엇을 그릴 건가요?"

칠판에 빈 칸을 여덟 개 그렸습니다. 『앤서니 브라운의 마술 연필』에서 꼬마 곰이 여러 가지 위험한 상황에 처할 때마다 마술 연필로 그림을 그려 위기를 모면하는 것처럼, 아이들은 장애물을 여섯 개 만들고 그것을 어떤 방법으로 해결할지에 대한 토론을 벌였습니다.

『앤서니 브라운의 마술 연필』

앤서니 브라운 글·그림, 서애경 옮김, 웅진주니어

꼬마곰은 그리는 대로 진짜가 되는 마술 연필을 가지고 있습니다. 각 장면마다 위험이 닥치고 그때마다 꼬마곰은 마술 연필로 재치 있는 그림을 그려 위기를 모면합니다. 꼬마곰처럼 어려운 상황에 부딪쳤을 때 어떻게 대처해 나갈지를 재미있게 상상해 봅니다.

첫 번째 칸과 마지막 칸은 비워 두기로 했습니다. 첫 장면에는 '마술 도구가 어떻게 생겼는지'를 적기로 하고 마지막 장면은 '모든 장애물을 뛰어넘은 후 어떻게 되었는지'를 적기로 했습니다. '늪' '벽' '뱀' '사자' '가시밭' '바다'라는 장애물이 칠판에 적혔습니다. 아이들은 마음속으로 각자 장애물을 뛰어넘을 해결책을 찾았습니다. 그리고 한 사람씩 앞으로 나와 자기가 생각한 것을 그림으로 그렸습니다.

현이는 늪을 건너기 위해 사다리를 그렸고, 기완이는 벽을 넘기 위해 비행기를 그렸습니다. 승훈이는 뱀을 피하기 위해 뱀을 한 마리 더 그렸습니다. 그러자 인영이가 이의를 제기했습니다.

"사나운 뱀을 더 그리면 어떡해?"

승훈이가 기발한 답을 내놓았습니다.

"둘이 싸우는 동안 피해서 갈 수 있지."

장애물을 하나씩 넘어갈 때마다 아이들의 관심이 높아졌습니다. 아이들은 친구가 칠판에 어떤 그림을 그릴지 유심히 살폈습니다. 유진이는 사자가 나타나자 그물을 그렸고, 윤이는 가시밭을 피하기 위해 톱을 그렸습니다. 소현이는 머나먼 바다를 용감하게 건너기 위해 뗏목을 그렸습니다.

장면을 나누어 그림책 만들기

"지금부터 장면을 여덟 개로 나누어 그림책을 만들 거예요. 여러분, 그림책과 동화책은 어떻게 다를까요?"

영섭이가 말했습니다.

"그림책은 글이 짧고 동화책은 글이 길어요."

승희가 말을 받았습니다.

"그림책에는 그림이 많고 동화책에는 그림이 많지 않아요."

"두 사람 말이 다 맞아요. 동화책은 그림이 없어도 이야기가 잘 전달

되고, 그림책은 그림이 없으면 이야기가 잘 전달되지 않는 경우도 있어요. 또 글은 없고 그림만으로 이야기를 전달하는 그림책이 있고, 그림이 글의 내용과 다르게 그려진 그림책도 있어요. 그만큼 그림책에는 그림의 비중이 크고 글과 그림이 함께 이야기를 만들어요.

여러분 각자 그림으로 말하고 싶은 것은 무엇이고, 글로 말하고 싶은 것은 무엇인지 곰곰이 생각해 보세요. 『앤서니 브라운의 마술 연필』에서 마술 도구는 연필이지만 여러분 그림책에서는 마술 도구가 바뀌어도 좋아요. 마술 침대, 마술 안경, 마술 팽이 등 뭐든 다 좋아요.”

그림책 만들기를 할 때 나눠 주는 종이 색깔은 아이들이 스스로 선택하게 하는 것이 좋습니다. 선생님이 정해 준 종이보다 스스로 선택한 종이로 만든 작품이 더 완성도가 높다는 연구 결과도 있습니다. 아이들은 종이를 선택할 때부터 그림책을 어떻게 만들지 생각합니다. 또한 미술 도구를 자유롭게 선택할 수 있는 폭을 넓혀 줌으로써 아이들의 상상력이 확장됩니다.

"첫 번째 장면에는 '마술 도구가 어떻게 생겼는지'를 적어 보세요. 그리고 두 번째 장면부터 일곱 번째 장면까지는 '장애물을 어떻게 극복해 나가는지' 이야기를 만들어 보세요. 칠판에 적혀 있는 장애물을 그대로 적어도 좋고, 생각이 많은 친구는 새로운 장애물을 만들어도 좋아요. 마지막 장면에는 '장애물을 다 넘고 난 후 어떤 일이 펼쳐졌는지' 써 보세요. 여러분 이야기의 주인공 이름은 뭔가요? 어떤 사건이 벌어지나요? 주위 환경은 어떤가요?"

아이들은 본격적으로 그림책을 만들기 전에 여덟 장면에 들어갈 내용을 먼저 구상했습니다. 또 글과 그림의 위치를 어떻게 배치할지 구상하고 기록했습니다.

글쓰기와 발표하기

마술 가방, 마술 필통, 마술 가루, 마술 토기, 마술 점토……. 아이들은 저마다 다른 마술 도구를 만들어 냈습니다. 그리고 한 사람씩 앞으로 나와 자기가 만든 그림책을 읽어 주었습니다.

재의 그림책 제목은 '마술이의 마술 가위와 마술 색종이'입니다. 주인공 이름은 '마술이'입니다. '마술이'는 생일 파티에 가는 도중에 땅에 떨어진 마술 색종이와 마술 가위를 줍게 됩니다. '마술이'가 곰을 만났을 때 마술 색종이는 동굴로 변해 곰의 보금자리가 되어 주었습니다. '마술이'가 늪에 빠졌을 때 마술 색종이는 사람들로 변하고, 마술 가위는 밧줄로 변해 '마술이'를 구해 주었습니다. 수컷 뱀이 나타날 때는 암컷 뱀을 만들어 주고, 배고픈 늑대가 나타날 때는 먹을 것을 주었습니다. 마침내 '마술이'는 생일 파티장에 도착했습니다. 모험을 마친 '마술이' 앞에는 파티 음식이 가득합니다.

사공재, 『마술이의 마술 가위와 마술 색종이』

앞에 나와 직접 만든 그림책을 발표하는 명규

균엽이의 그림책 제목은 '마법의 비행기'입니다. 주인공 이름은 '시우'입니다. '시우'는 고물상 앞을 걷다가 쓸 만한 비행기 한 대를 발견합니다. '시우'는 비행기를 밧줄로 묶어 집으로 가져와 직접 수리를 시작했습니다. 그런데 비행기가 '시우'에게 말을 걸어 왔습니다. 비행기는 '시우'에게 가고 싶은 곳을 말하라고 했습니다. '시우'가 "프랑스"라고 말했더니 비행기는 십 초 만에 에펠탑 앞에 도착했습니다. '시우'는 마법의 비행기를 타고 가고 싶은 나라를 다 갈 수 있었습니다.

호성이의 그림책 제목은 '마술 벽'입니다.

마술 벽

마술 벽이 있었다. 포클레인으로 부셔도 부서지지 않았다. 마술 벽은 나쁜 것을 좋게 만드는 신비한 냄새를 풍겼다. 아픈 사람이 냄새를 맡으면 신기하게도 병이 씻은 듯이 나았다. 마음이 나쁜 사람은 착해졌다. 머리가 나쁜 사람은 똑똑해지고 게으른 사람은 부지런해졌다. 모든 사람들이 착하고 똑똑한 사람이 되었다. 그래서 지구가 건강해지고 행복한 세상이 되었다.

호성이는 마지막 장면에 건강한 지구를 그렸습니다. 지구의 이마에는 마술 벽이 그려져 있습니다.

민수는 '로리의 모험 1편'을 썼습니다. 주인공 '로리'는 마법의 물, 불, 살충제, 날개, 채찍, 삽, 그물을 가지고 있습니다. 이 도구들은 한 번 쓰고 나면 사라집니다. 민수는 '로리'가 어떤 마술 도구를 사용해서 어떻게 위기를 모면하는지를 흥미진지하게 설명했습니다. 아이들이 열광적인 반응을 보였습니다. 한 사람씩 민수 앞으로 나오더니 아예 교실 바닥에 자리를 잡고 앉았습니다. "2편을 기대하세요"라는 민수의 말에 아이들이 "2편! 2편!" 하면서 노래를 불렀습니다.

요즘 아이들은 컴퓨터게임을 많이 합니다. 게임 속에서는 캐릭터가 죽었다가도 다시 살아납니다. 그래서 아이들이 죽음을 쉽게 생각하는 경우가 있습니다. 아이들이 쓴 글을 보면 종종 발견할 수 있는 현상입

『로리의 모험 1편』을 친구들에게 읽어 주는 민수

니다.

"많은 친구들이 무서운 동물이 나타났을 때 그물로 가두거나 발로 밟거나 물에 빠뜨렸어요. 여러분, 장애물이 나타났을 때 부수고 밟고 가두고 죽여야만 할까요?"

아이들은 목청을 높여 "아니요"라고 대답합니다. 똑같은 상황일지라도 어떻게 하면 더 좋은 해결 방법인지, 어떻게 하면 상대방을 해하지 않을 수 있는지를 한 번 더 생각해 보라고 아이들에게 당부했습니다.

"오늘 여러분은 마술 하모니카, 마술 색종이, 마술 가루, 마술 벽, 마술 가방 등 각자의 마술 도구를 만들고 멋진 그림책을 완성했어요. 여러분 마음속에는 이미 마술 연필이 있다는 것을 알고 있나요? 앞으로 글을 쓰려고 할 때 이 마술 연필을 꺼내 보세요. 선생님은 우리 친구들이 마음속에 담긴 멋진 글을 찾아내는 즐거움을 누렸으면 좋겠어요."

정명규, 『마술 가루』

허정인, 『마술 잠바』

조현수, 『마술 토기』

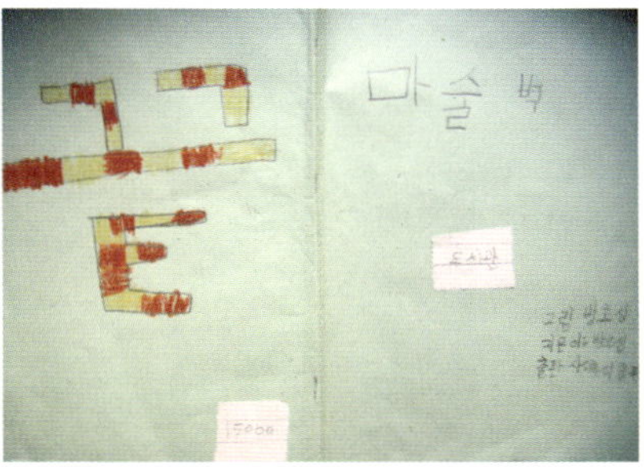

방호성, 『마술 벽』

1. 변신하는 이야기 만들기

주인공이 장애물을 뛰어넘을 때 마술 도구를 쓰는 대신, 특별한 몸으로 변신하는 이야기를 생각해 봅니다. '가제트 형사'처럼 팔다리가 길게 늘어나거나 '스파이더맨'처럼 벽을 잘 타거나, 천 미터를 일 초에 달리는 주인공 등 재미있는 몸을 상상하며 글쓰기를 할 수 있습니다. 또한 하늘을 날고 싶은 마음이 비행기를 만든 것처럼, 상상이 새로운 발명으로 이어진다는 것을 자료를 통해 보여 주는 것도 좋습니다.

보 조 교 재

『사라진 아이들』

베로니카 마르테노바 찰스 글·그림, 송소민 옮김, 푸른나무

마을 아이들이 하나둘씩 사라집니다. 뚱뚱하고, 키가 크고, 눈이 찢어졌다는 이유로 마을에서 소외받던 아이들이 사라진 아이들을 구해 냅니다. 과연 아름다움의 기준은 무엇일까요? 이 책은 아이들에게 우리 모두는 저마다 다른 장점을 가지고 있으며, 보이는 것이 전부가 아니라는 지혜를 줍니다.

『마법 침대』

존 버닝햄 글·그림, 이상희 옮김, 시공주니어

조지는 마법 침대를 타고 밤마다 상상의 세계로 떠납니다. 어디로 갈까요? 거기에서 무엇을 할까요? 마법 침대를 타고 가고 싶은 곳을 장면으로 나누어 그림책을 만들어 봅니다. 또 몸이 커져서 사용할 수 없게 된 물건에 대해 이야기를 나누어 봅시다.

봄이 오면 산과 들에 형형색색의 들꽃이 만발합니다. 들꽃은 나뭇잎이 자라나 햇빛을 가리기 전에, 온 힘을 다해 꽃잎을 피우고 열매를 맺습니다. '이름 모를 들꽃'이 아닙니다. 손톱만 한 들꽃도 저마다 이름을 가지고 있습니다.

들꽃은 여리고 여리지만 단단하게 뿌리 내릴 줄 알고, 어디로 가야 할지를 압니다. 우리가 땅에 심장을 대고 귀를 기울일 때 들꽃은 비로소 자기 이야기를 들려줍니다.

들꽃이 가는 길은 문학의 길을 꼭 닮았습니다. 자기 뿌리를 알고, 어디로 가야 할지를 찾아가는 문학과 참 많이 닮았습니다. 심장을 대고 귀를 기울여야 하는 것까지 닮았습니다.

꽃 이름으로 연상하기

"오늘은 우리나라 산과 들에 피는 꽃들을 만나 볼 거예요. 여러분은 어떤 들꽃을 알고 있나요?"

아이들은 '제비꽃' '달맞이꽃' '할미꽃' '애기똥풀' 등 각자 알고 있는 꽃 이름을 이야기합니다.

"여러분이 지금부터 만나게 될 들꽃은 대부분 처음 보는 꽃일 거예요. 꽃을 보기 전에 먼저 꽃 이름을 듣고 느낀 점을 이야기해 보겠습니다."

노루귀

노루귀는 3~5월에 꽃이 핍니다. 잎이 노루의 귀를 닮아 노루귀라고 불립니다. 분홍색 꽃은 분홍노루귀, 청색 꽃은 청노루귀입니다. 같은 꽃이지만 토양과 기후에 따라 꽃과 잎 모양이 다른 점에 관심을 가져 보세요.

"이 꽃은 '노루귀'예요. 이름에서 어떤 게 느껴지나요?"

승희가 손을 번쩍 들었습니다.

"노루의 귀가 짤막하니까 꽃도 짤막할 것 같아요. 그리고 노루의 귀가 갈색이니까 꽃도 갈색일 것 같아요."

"재미있는 생각이에요. 또 다른 생각을 한 친구? 노루귀라는 이름은 어떻게 붙여졌을까요?"

"노루귀는 노루가 먹는 꽃이에요."

"노루가 죽은 자리에서 핀 꽃이에요."

"꽃이 노루의 귀처럼 생겼을 것 같아요."

노루귀는 아이들의 상상력으로 새로운 이

야기를 갖게 되었습니다.

"여러분, 노루의 귀를 본 적 있나요?"

아이들에게 노루 사진을 보여 주었습니다.

"노루의 귀에는 솜털이 보송보송 나 있어요. 한결이는 꽃이 노루의 귀처럼 생겼을 것 같다고 했어요. 꽃에 이런 솜털이 정말 있을까요?"

유진이가 손을 들었습니다.

"줄기에 솜털이 나 있을 것 같아요."

소연이가 말을 받습니다.

"잎이 노루의 귀를 닮았을 것 같아요."

"두 사람 말이 다 맞아요."

아이들에게 노루귀 꽃 사진을 보여 주었습니다.

"노루귀는 줄기에도 솜털이 있고, 세 갈래로 갈라진 잎에도 솜털이 보송보송 나 있어요. 잎 모양이 노루의 귀를 닮아 '노루귀'라는 이름이 붙여졌어요."

"이번에는 '뻐꾹나리'입니다. 이 이름에서는 무엇이 연상되나요?"

"뻐꾸기와 개나리를 합한 이름 같아요."

"꽃에 뻐꾸기 무늬가 있을 것 같아요."

"뻐꾸기가 양복을 입고 있는 모습이 떠올라요."

"꽃이 바람에 흔들릴 때마다 '뻐꾹뻐꾹' 소리가 날 것 같아요."

"꽃이 뻐꾸기 소리를 내면 뻐꾸기 기분이 어떨까요?"

유진이가 말했습니다.

뻐꾹나리

뻐꾹나리는 여러해살이풀로 7~8월에 꽃이
핍니다. 꽃잎과 암술에 있는 자주색 반점이
뻐꾹기 가슴에 난 무늬를 닮아 뻐꾹나리라는
이름을 갖게 되었습니다. 들꽃이 가지고 있
는 재미난 이름들을 찾아보세요.

"뻐꾸기와 뻐꾹나리는 둘도 없는 친구가
될 거예요."

왜 그렇게 생각하는지 물으니 "서로 말이
통해서요"라고 대답합니다.

"뻐꾹나리는 꽃잎과 암술에 자주색 반점
이 있어요. 이 반점이 뻐꾸기 가슴에 있는 무
늬를 닮아 뻐꾹나리라는 이름이 붙여졌답니
다."

아이들은 들꽃 이름을 듣고 '어떤 색깔을
가지고 있을까?' '어떤 모양일까?' '어떤 사연
을 가지고 있을까?' 생각합니다. '복수초'는
아이들의 상상 속에서 빨간색과 검은색 꽃이
되었고, 가시나 독을 가지고 있는 꽃이 되었
습니다. 민기는 꽃이 주먹을 쥐고 있을 것 같
다는 재미있는 추측을 하고, 승우는 꽃이 의외로 아름다울 것 같다는 의
견을 냈습니다.

'얼레지'는 '얼레리꼴레리'라는 말이 연상되어 부끄럼을 타는 꽃이 되
었습니다. '깽깽이풀'은 한 발을 들고 뛰는 모습이 연상되어 한쪽은 길
그 한쪽은 짧은 비대칭 꽃이 되었습니다. '변산바람꽃'은 바람이 불 때
피는 꽃으로, 온 산에 흐드러지게 퍼져 평범한 산을 꽃동산으로 만든
다고 합니다.

들꽃이 들려주는 이야기

들꽃 이름으로 이야기를 나누던 아이들은 꽃이 어떻게 생겼는지 궁금해합니다. 아이들에게 꽃 사진들을 차례로 보여 주었습니다.

복수초

'봄의 전령사'라고 불리는 복수초는 1~2월에 꽃을 볼 수 있습니다. 봄에 피는 들꽃에는 어떤 것이 있을까요? 봄꽃, 여름꽃, 가을꽃, 겨울꽃으로 나누어 계절별 들꽃 책을 만들어 보세요.

"'복수초'는 이렇게 생겼어요. 여러분이 빨간색이나 검은색일 것이라고 예상했던 복수초는 노란 꽃이에요. 복수초는 '눈 사이에서 피어난다'고 해서 '눈색이꽃' '얼음새꽃'이라는 이름도 가지고 있어요. 또 '눈 속의 연꽃'이라고 해서 '설연(雪蓮)'이라고 불리기도 해요. 복수초라는 이름을 듣고 '원한에 사무쳐 꽃으로 피어난 것이 아닐까'라고 생각한 사람이 많았죠? 하지만 복수초는 어감이 주는 느낌과 전혀 다른 의미를 가지고 있어요. 한자로는 복 복(福) 자와 목숨 수(壽) 자를 쓰는데 '복 많이 받고 오래 살라'는 의미를 가진 꽃이에요. 복수초에는 가시도 없고 독도 없어요."

그러거나 말거나, 아이들은 "우우" 소리를 지르며 자신의 예상을 배신한 복수초에게 복수를 합니다.

"이른 봄철에 눈이 내리면 눈 속에 핀 복수초를 볼 수 있어요. 여러분은 차가운 얼음을 오래 쥐고 있을 수 있나요? 선생님은 손이 시려 얼음을 금방 놓쳐 버려요. 복수초는 어떻게 눈 속에서 자신을 지탱할 수 있을까요?"

호종이가 손을 들었습니다.

"아주 재미있는 발상이네요. 여러분, 복수초는 스스로 열을 내서 주변의 눈을 녹이고 추위에서 자신을 보호해요. 그리고 아까 승우가 말한 것처럼 정말 아름다운 꽃이지요."

아이들은 복수초 주변에만 눈이 녹아 있는 모습을 보고 신기해합니다. 칭찬을 받은 승우가 벌떡 일어나 사방을 향해 손을 흔듭니다. 민기도 지지 않고 "선생님, 꽃봉오리가 주먹을 쥐고 있는 것처럼 보여요"라고 말해서 아이들의 폭소를 자아냈습니다.

"여러분, 봄꽃들은 꽁꽁 얼어 있는 숲에서 어떻게 피어날까요? '줄기가 여러 겹이라 추위를 타지 않는다'는 호종이 말에 힌트가 있어요. 추운 날에는 두꺼운 옷을 하나 입는 것보다 얇은 옷을 겹쳐 입는 게 더 따뜻해요. 그것과 같은 이치에요. 가을에 떨어져 겹겹이 쌓인 낙엽이 따뜻한 공기층을 만들어 열을 발생시키고, 봄꽃이 싹트는 것을 도와주는 거예요."

"이 꽃은 '얼레지'예요. 여러분이 말한 것처럼 부끄럼을 많이 타는 것처럼 보이나요? 얼레지는 첫 꽃을 피우기까지 칠 년이 걸려요. 얼레지는 잎이 두 장이에요. 잎 한 장이 피고 지는 데 삼 년, 다른 잎이 피고 지는 데 또 삼 년이 걸려요. 그리고 칠 년이 되는 해에 처음으로 꽃을 피워요. 첫 꽃을 피우는 일이 이렇게 어렵기 때문에, 얼레지는 씨방에 씨를 많이 물고 있어요. 하지만 한 번 꽃을 피운 얼레지는 다음 해부터 해마다 꽃을 피운답니다."

칠 년 만에 첫 꽃이 핀다는 말에 아이들이 감탄합니다.

"들꽃들을 만나 본 후에 여러분이 들꽃이 되어 보는 시간을 가질 거예요. 어떤 꽃 이야기가 가장 마음에 와 닿는지 생각하며 들어 보세요. 만약 육 년이 되는 해에 뿌리가 뽑힌다면 얼레지의 마음이 어떨까요?"

얼레지

얼레지는 4~5월에 피는 꽃으로 잎이 두 개 있어야 꽃을 피웁니다. 잎 하나를 피우는 데 2~3년이 걸립니다. 얼레지는 나물로 먹을 수 있는데, 잎을 뜯을 때는 하나씩만 뜯어야 합니다. 잎을 두 개 다 뜯으면 5~7년을 다시 기다려야 꽃을 볼 수 있기 때문입니다. 나물을 뜯을 때도 식물의 특징을 잘 살펴야겠지요?

"조금 전에 승희가 '깽깽이풀'은 한쪽은 길고 한쪽은 짧은 비대칭 꽃일 것이라고 했어요. 깽깽이풀을 직접 보니 어때요?"

"그럴 것 같아요"

"아니에요"

아이들의 생각이 서로 엇갈립니다.

깽깽이풀

깽깽이풀은 개미를 이용해 번식을 합니다. 개미, 벌과 같은 곤충을 이용해 번식하는 꽃은 또 어떤 것이 있을까요? 홀씨로 번식하는 꽃은 무엇인가요? 꽃들의 번식 방법을 알아보고 책 만들기를 해 보세요.

"깽깽이풀은 4~5월에 피는 꽃이에요. 이 시기는 여러분도 아는지 모르겠지만 농사일로 바쁜 시기예요. 양지바른 곳에 지천으로 피어난 연보랏빛 꽃이 봄바람에 흔들리며 아름다운 자태를 뽐내니, 꽃에 취한 농사꾼이 일손을 놓치곤 했다고 해요. 마치 '깽깽이 치며 놀자고 유혹하는 것 같다' 해서 깽깽이풀이라 이름 붙여졌어요. 깽깽이풀이 번식하는 방법에는 재미있고 특별한 이야기가 있어요. 깽깽이풀은 씨앗에 아주 작은 밀선(꿀)을 만들어 개미를 유인해서 번식해요. 그래서 깽깽이풀은 개미가 지나다니는 길을 따라 피어나요. 옛날에는 논에 깽깽이풀이 많이 피어 있었지만 지금은 안타깝게도 멸종 위기에 처해 있어요."

모데미풀

모데미풀은 4~5월에 꽃이 피는 여러해살이풀입니다. 습지에서 자라는 식물 대부분이 그러하듯이, 모데미풀은 오염 물질을 걸러 내는 역할을 하고 땅을 비옥하게 해 줍니다. 모데미풀처럼 땅을 비옥하게 하는 식물들을 찾아보세요.

"이 꽃은 '모데미풀'이에요. 우리나라에만 피는 아주 귀한 꽃이에요. 승우가 '모데미'라는 이름에서 화가가 떠오른다고 했지요? 모데미풀은 일본 식물학자 '오이'가 지리산 자락인 남원군 운봉면 '모데미'라는 마을 개울가에서 처음 발견해 붙여진 이름이에요. 현재 운봉면에는 '모데미'라는 마을이 없어요. 전라도 사투리에 '마을의 위쪽'을 뜻하는 '우데미'라는 말과 '마을의 아래쪽'

을 뜻하는 '아래데미'라는 말이 있어요. 그래서 아마도 '모여 사는 작은 마을'을 뜻하는 '모데미'라는 말이 나오지 않았을까 추측하고 있어요. 깊은 산속이나 계곡 습지에서 잘 자라는 모데미풀은 작은 마을을 이루듯 옹기종기 모여 피는 꽃이에요."

"'해국'은 이렇게 생겼어요. 동희가 말한 것처럼 '바닷가에서 자라는 국화'라고 해서 해국이라고 이름 붙여졌어요. 특이하게도 해국은 줄기 번식을 하는 꽃이에요. 줄기가 절벽 곳곳으로 뻗어 나가 바위 틈새에 뿌리를 내리는데,

해국

바닷가 절벽에서 볼 수 있는 해국은 줄기로 번식하는 꽃입니다. 8월부터 피기 시작해 11월까지 꽃을 볼 수 있습니다. 해당화, 갯메꽃 등 바닷가에서 볼 수 있는 꽃은 어떤 것이 있는지 이야기를 나누고, 바다를 소재로 한 꽃 이야기를 만들어 보세요.

더듬더듬 뿌리 내릴 곳을 찾아다니는 줄기를 생각해 보세요. 흥미롭지요? 해국 잎은 바닷바람을 잘 타기 위해 털이 나 있는데, 가는 털은 잎 양면에 촘촘히 들어서 있어요. 보송보송한 털 때문에 잎이 하얗게 보여서 마치 소금이 묻어 있는 것처럼 보이기도 해요. 또 해국은 바닷바람을 잘 견디기 위해 키가 작은 대신 뿌리가 아주 깊이 박혀 있어서 통째로 뽑는 일이 쉽지 않다고 합니다. 바닷가에 가면 바다만 보지 말고 절벽에 핀 해국도 찾아보세요.

여러분, 손톱을 한번 보세요. 여러분 손톱만 한 들꽃도 각자 알맞은 이름과 향기를 가지고 있어요. 이번에는 친구 얼굴을 바라보세요. 나와 똑같이 생겼나요? 누군가와 같아지려 하지 말고 '가장 나다운 것이 어떤 것인지'를 생각하는 우리 친구들이 되었으면 좋겠습니다. 나다울 때 가장 아름다운 향기를 낼 수 있어요."

글쓰기와 발표하기

이 밖에도 아이들은 '애기앉은부채' '현호색' '물매화' '금강초롱' 등 다양한 들꽃을 만나 보았습니다. 그리고 각자 가장 인상 깊었던 꽃을 의인화하여 글쓰기를 했습니다.

현호색

나는 현호색이다.
나의 생김새는 새를 닮았다.
나는 땅을 뚫고 올라와
삼월에 세상을 보게 된다.
내가 제일 기뻤을 때는
처음 햇빛을 보았을 때다.
햇빛은 따뜻하고 좋았다.

내가 제일 슬펐을 때는

사람들이 나를 못 보고 지나갔을 때다.

나는 날고 싶다.

나는 파랑새가 되고 싶다.

내가 날아다니면 사람들이 잘 볼 수 있을까?

교문초 6학년 최승우

응용하기

1. 꽃으로 인물 만들기

말린 나뭇잎이나 꽃을 이용해 인물을 만들고 이야기를 쓸 수 있습니다. 각자 고른 꽃에 대한 자유로운 이야기를 나누며 생각 열기를 한 다음 수업을 진행하면 더 효과적입니다.

아이들의 작품

나승주,
〈꽃과 게, 꽃게(해바라기)〉

박상준,
〈청소하는 아이(봄맞이꽃)〉

여경찬,
〈아르모르 16세(애기사과)〉

손상희,
〈비오는 날을 좋아하는 베르(애기
사과)〉

이윤녕,
〈웃는 아이(맥문동)〉

이서현,
〈부끄럼을 잘 타는 체리〉

2. 들꽃 그림책 만들기

피는 시기, 꽃과 잎의 생김새, 꽃에 얽힌 이야기 등 들꽃에 대한 정보를 적고, 들꽃에게 하고 싶은 말을 덧붙여 그림책 만들기를 할 수 있습니다.

3. 들꽃에 얽힌 민담과 설화 찾아보기

우리나라에서 피는 들꽃 이름의 유래를 찾아보면 재미있는 민담과 설화가 많습니다. 아이들이 직접 들꽃에 얽힌 이야기를 찾고 친구들에게 소개하는 글쓰기를 합니다. 이 수업을 통해 작지만 소중한 우리 들꽃을 보호하는 마음을 기를 수 있습니다.

문학이란 무엇인가요?

이렇게 문학 수업이 끝났습니다. 아이들은 마지막 수업에 대한 글을 썼습니다.

소중한 월요일

월요일은 학교에 가는 첫날이라 안 좋은 날인 줄 알았다. 하지만 아니었다. 4학년이 되어 달라졌다. 정확히 문학 첫날이다. 나는 문학이 뭔지도 몰랐다. 하지만 문학을 하다 보니 푹 빠졌다. 1, 2, 3, 4교시 다 해도 질리지 않을 것 같다. 왜일까? 나는 문학이 정말 재미있다. '왜?'라고 쓰인 야구공이 나한테 날아오면 "문학은 무한 상상력을 발휘하게 하니까"라고 말하며 야구방망이를 휘두를 것이다.

오늘은 문학 마지막 날, 선생님! 3학년 후배들 잘 부탁드려요. 감사합니다. 선생님!

백암초 4학년 현주환

마지막 수업

오늘은 마지막 문학 수업
아~ 슬프다.
5학년 때도 꼭 하고 싶다.
문학을 하면서 참 많은 걸
배웠다. 쓱쓱쓱
글도 쓰고, 쏼라쏼라
말도 하고, 참 재미있는
문학 수업

백암초 4학년 윤소현

문학 수업 사행시

문 문학은 참 재미있다
학 학교에서 배우는
수 수업 중에 제일 재미있는
업 없으면 안 되는 우리의 문학

백암초 4학년 윤소현

마지막 수업

오늘은 선생님이 가시는 날
이 시간이 영원히 기억되기를 바라며
마지막 인사를 드리고
마지막 시간을 끝낸다.
슬프고 고요한 마지막 수업.

백암초 4학년 이승혁

마지막 시간

나는 오늘 마지막 문학 시간이라서 슬프다.
내 마음속에서는 눈물이 콸콸 흘러내린다.
그래도 선생님 앞에서는 밝고 멋진 모습을 보일 것이다.

백암초 4학년 박희정

마지막 날

오늘은 오늘은 문학 시간
마지막 날

오늘은 오늘은 문학 시간

마지막 날

마지막이라 더욱 재미있었지만

선생님과 헤어지니 슬프다.

하지만 하지만

여태까지 배운 것 못 잊을 거야.

선생님도.

백암초 4학년 김정주

아이들과 함께한 문학 수업은 문학을 하며 살아온 우리에게 문학의 소중함과 아름다움을 새롭게 일깨워 주었습니다. 문학에게 고맙고 아이들에게 고마웠습니다. 문학 덕분에 아이들의 마음을 글로 읽을 수 있게 되었고, 아이들이 모두 다르게 빛나는 보석들이란 걸 확인할 수 있었습니다. 아이들 덕분에 사람의 마음을 살피고 세상을 넓히는 문학을 더 깊이 사랑하게 되었습니다.

아이들의 글을 다시 읽을 때마다 가슴이 뭉클해집니다. 문학에 대한 우리의 어떤 정의도 아이들의 생각을 뛰어넘을 수 없습니다. 문학 수업을 하면서 아이들에게 물은 적이 있습니다.

"여러분에게 문학이란 무엇인가요?"

문학은 사람들을 생각하게 만드는 놀라운 발명품이다.

백암초 4학년 이현

문학은 자기의 상상력이 커지고 자기의 미래를 볼 수 있는 것이다.

백암초 4학년 최재호

문학 시간에 지금까지 못해 본 것을 해 볼 수 있었다. 문학은 생각을 하게 해 주는 것이다.

백암초 4학년 윤소현

문학은 우리에게 꼭 필요한 것이다.

백암초 4학년 김정주

문학은 생각이다. 문학은 자유다. 문학은 모든 것이다.

백암초 4학년 이승혁

나에게 문학은 상상력을 풍부하게 한다.

흑석초 3학년 김채린

나에게 문학이란 마음이다.

흑석초 3학년 강균엽

나에게 문학이란 상상력도 키워 주고 나에게 도움이 많이 되는 것, 그리고 기대가 되는 것이다.

흑석초 3학년 마하진

나에게 문학이란 글과 생각과 창의성과 상상력이다. 나에게 문학이란 기쁨을 주는 것이고 일생을 행복하게 살 수 있게 해 주는 것이고 재미있는 것이다.

흑석초 3학년 허민수

나에게 문학이란 재미다. 지금까지 문학 수업을 재미있게 했기 때문
이다.

흑석초 3학년 김재혁

나에게 문학이란 내 속에 또 다른 나를 만나는 시간이다. 나는 보통
아이들이 생각하는 세계와 또 다른 세계를 만난다. 보통 선생님들은 교
과서에 나오는 문제에 답이 있어서 답을 틀리면 안 된다고 하신다. 그러
나 문학 수업에서는 그런 고정관념에서 벗어나서 답이 없다. 상상력과
창의력을 키워 주는 것이다. 나는 평소에는 글을 쓰는 것을 좋아하지 않
는다. 그런데 문학 수업 때에는 글 쓰는 것이 재미있다. 문학 수업은 나
에게 즐거움을 주는 수업이다.

흑석초 3학년 최성훈

기적의 초등 문학교실 15일
글쓰기 수업비법

2013년 6월 19일 초판 1쇄 펴냄
2019년 3월 11일 초판 3쇄 펴냄

지은이 방현석, 구지원
펴낸이 김재범
편집 김형욱, 강민영
관리 강초민, 홍희표
인쇄·제본 굿에그커뮤니케이션
종이 한솔 PNS
디자인 나루기획
펴낸곳 ㈜아시아
출판등록 2006년 1월 27일
등록번호 제406-2006-000004호
전화 02-821-5055
팩스 02-821-5057
주소 서울시 동작구 서달로 161-1 3층(흑석동)
이메일 bookasia@hanmail.net
홈페이지 www.bookasia.orgl

SBN 978-89-94006-72-7 13800

* 값은 뒤표지에 표시되어 있습니다.

이 도서의 국립중앙도서관 출판시도서목록(CIP)은 서지정보유통지원시스템
홈페이지(http://seoji.nl.go.kr)와 국가자료공동목록시스템(http://www.nl.go.kr/kolisnet)에서
이용하실 수 있습니다. (CIP제어번호 : CIP2013006938)